翻譯散論

張振玉 著

東大圖書公司印行

國立中央圖書館出版品預行編目資料

翻譯散論／張振玉著.--初版.--臺北市：
東大發行：三民總經銷，民82
面；　公分.--（滄海叢刊）
ISBN 957-19-1520-3（精裝）
ISBN 957-19-1521-1（平裝）

1.翻譯

811.7　　82003251

翻　譯　散　論

著　者　張振玉
發行人　劉仲文
著作財產權人　東大圖書股份有限公司
總經銷　三民書局股份有限公司
印刷所　東大圖書股份有限公司
地址／臺北市重慶南路一段六十一號二樓
郵撥／〇一〇七一七五──〇號
初　版　中華民國八十二年六月
編　號　E 81067
基本定價　叁元叁角叁分
行政院新聞局登記證局版臺業字第〇一九七號

ISBN 957-19-1521-1（平裝）

序言

近幾年，應中英文周刊之邀，陸續寫些短文，討論有關中英文的翻譯問題，數年過去，逐漸累積數十篇，內容涉及廣泛。舉凡翻譯上諸問題如六朝名僧的翻譯論，直譯與意譯，翻譯的文與語，近代翻譯的「歐化語法」，譯文的洗鍊與琢磨，譯詩問題，翻譯要點，翻譯前輩的風範，翻譯之三階段——形，意，神，英國耶經之翻譯，譯文之風格，翻譯之錯誤等等。末後論及西洋人譯我漢文著作所犯之錯誤，舉出賽珍珠 (Peral Buck) 英譯水滸傳 (*All Men Are Brothers*) 為例。西洋人譯我漢文者，由於對我國文與語及文化背景了解之不足，皆易犯有錯誤。本書所舉賽珍珠所犯之各種錯誤，足以令人警惕，知翻譯一事，絕非輕易簡單，愈輕易視之，所犯錯誤愈多，而錯誤之性質愈為嚴重，從事翻譯一事者，豈可不慎。

現在將過去在中英文周刊上分期發表的這數十篇短文裒輯成册，名之曰「翻譯散論」，願對從事翻譯者提供一些實例，啟發一些思考，進而在翻譯路徑上縮短在黑暗中一段摸索，免得虛靡時光。

在拙作行將付梓之際，作者以翻譯工作者之身，尚有不能已於言者。即我國翻譯事業之規模，其嚴密組織及其合理方法，遠之不如我國六朝之翻譯佛經，近言不如晚近英國牛津劍橋大學之集體英譯耶經。僅以英文文史哲名著而言，近數十年來，僅就個人之所知，英國名著全集之已然漢譯出版者，僅《莎士比亞全集》二譯本，一為梁實秋之遠東版本，一為朱生豪及虞爾昌合譯之世界書局版本。其餘西方名家全集中，只不過零星選譯數本而已。今值百廢畢舉之際，深盼有心有力人士，勿論官方或民間，對此一文化事業予以大力之支持，立卽發起組織， 推動實行。 願於十數年內， 欣見我國公私圖書架上，排列有古希臘羅馬名著如柏拉圖，阿理斯多德，近代有如德國之浮士德，尼采，歌德，法國如左拉，巴爾札克，俄國如托爾斯泰，屠介涅夫，英國如狄根斯，葛滋華綏等名家全集，赫然在目，實不勝欣香禱盼之至。

張振玉　謹識於臺北燕廬

翻譯散論

目　錄

一、高僧的翻譯論

中國東漢明帝八年，即紀元後六十五年，派蔡諳到印度取佛經，兩年後，偕同天竺僧回來。之後不久，大概佛經的漢譯就開始了。至六朝而譯經大盛，翻譯大師輩出，翻譯上之問題陸續出現，譯經人對翻譯之主張亦隨之提出。今日在論到翻譯時，大家常提到的直譯意譯等看法，當時卽已提出討論，並且所述亦詳盡而切實。

譯經的初期，自然是以傳達佛經內的含義爲本，或是顧不到文雅，或是爲尊經之故，不敢離開文字表面的表現方式，自然質直不雅。但某些佛學大師則認爲「經者，當令通曉，勿失厥義，是則爲善。」又說應當「因循本旨，不加文飾。」這是三國時代譯經時的僧人主張，大體是主張直譯。

到東晉高僧道安論直譯，說得更爲具體。他說梵文句子多倒裝，改爲漢文習慣，一失本。梵文質直，譯後詞句文雅，二失本。佛經詠嘆反覆，不厭其煩，譯爲漢文後，悉予裁削，三失本。佛經敍事後，又隨以歌詠，而歌詠內容，皆前面散文中已敍及者，刪而除之，四失本。竊按，佛經中旣前有敍事，後又有詩歌詠嘆，中國章回小說亦每如此，想是受「變文」影響，而「變文」正是與佛經文學密切相關的。以上只是三個要點：第一，原文樸質，不可以華美之中文譯之。第二，原文之倒裝句，不可按中文順過來表達。第三，原文反覆重叠處，不宜刪削。

但是果眞如此完全按照梵文形式翻譯，原文繁者不削減，原文樸質者，不以華美之文譯之，自然可以做到。但原文倒裝句，試問，縱然譯者願意按原文形式而以倒裝漢文譯之，其奈無法譯出何!

林語堂先生的《開明英文法》第二四九頁，有幾個接連在一起的形容子句，在中國人看來是倒裝:

(1)This is the rat that ate the malt that lay in the house that Jack built.

(2)The doctor examines the rat that carries the flea that harbours the germ that infects the poor Indian.

試問主張直譯的先生們這可如何翻法? 還有 Helen Keller 的 *Three Days to See* 一文中有下列一句:

①How much easier, how much more satisfying it is ②for you who can see to grasp quickly the essential qualities of another person ③by watching the subtleties of expression, the quiver of a muscle, the flutter of a hand!

若把上句分爲三個單位，英文的①，②，③，翻成中文時，正好倒過來成爲③，②，①而譯出。我打算把這一句譯成:

③藉著觀察表情的微妙變化，肌肉的顫動，手的揮擺，②你們有眼能看的人要立卽了解別人的特點，①該是多麼容易，多麼滿意呀!

又 Anne Sitwell 的 *Dr. Sun Yat-sen in London* 一文中，有

孫中山先生由英國政府協助得自清廷使館中獲釋後，寫給新聞界的一封信，信中有一句:

Will you kindly express through your column my appreciation of the action of the British Government in effecting my release from the Chinese Legation?

本句乃一相當長之疑問句，而按英文結構疑問字置於句首。中文若在句首表示發問，此長句勢難一氣呵成，故不得不譯如下列的中文習慣表達形式，將疑問部分置於句尾:

本人承蒙

貴國政府之援助，得自中國使館獲釋，擬借貴報一欄，敬伸感激之忱，不知可邀

俞允否?

由上看來，句之倒順，各國自有定法，不能強同，在英文如此，在梵文恐亦如是。故後來道安在「鞞婆沙」經序文中乃將直譯標準放寬，他說:

「案本而傳，不令有損言遊字。時改倒句，餘盡實錄。」他說「時改倒句」，實在是不得不改了。

道安之後，出現高僧鳩摩羅什。鳩摩羅什父為天竺人，母乃龜茲王之妹。來華之後，又通漢文，譯經時雖求忠實於原文，卻不受原文形式拘束，以求譯文近於中文。做到「曲從方言，趣不乖本。」意即譯文儘量求其如同漢文，含義則不背乎原文。

鳩摩羅什反對譯文質直生硬。有一次他譯得兩句為「天見人，人見天」，乃曰:「此語與西域義同，但在言過質。」僧叡說:「將非

『人天交接，兩得相見？』」什公大喜曰：「實然。」可見鳩摩羅什多麼注意文從字順。

高僧慧遠爲道安弟子，認爲過於直譯或過於意譯皆會失眞，於是乃倡折衷之論。他認爲直譯的毛病是「理勝其詞」，而意譯的毛病是「文過其意」，最好能「詳其大歸，以裁厥中。」遠公在序鳩摩羅什《大智論抄》時，又說「以文應質則疑者眾，以質應文則悅者寡。」這是因爲「以文應質」則失其眞，「以質應文」則失其美。在同一序文中又扼要論述曰：「簡繁理穢，以詳其中，令質文有體，義無所越。」這種持中之論，今日仍不失其價值。

二、直　譯

在論到翻譯時，直譯與意譯二詞，在一般人口頭筆下，時常出現，似乎像指溫度時之說到華氏溫度表與攝氏溫度表。華氏攝氏以數字指溫度，極其明確，直譯意譯，則未必如此。今執直譯意譯二詞，向用此詞之人問其精確含義爲何，初思甚易，再思反而甚難，能不踟躕猶豫張口結舌者，蓋不多見。天下事，其實大抵如此。正如美醜二字，無人不知；精確闡明，又非易事。若非難解，就不待美學家之下定義了。

由兩種不同之文字互相翻譯，雖因文字各有其獨特之性質，因而各有其問題，然亦有其問題之共同者，故某兩種文字之翻譯理論往往亦可施之於另外兩種文字之翻譯。我國六朝由梵文佛經譯爲漢文，自然亦曾遭遇到此一直譯意譯之問題。當時高僧道安對佛經漢譯力主直譯。在他寫的〈摩訶鉢羅般若波羅蜜經抄序〉中他說：

「譯胡爲秦，有五失本也。胡語盡倒，而使從秦，一失本也。胡經尚質，秦人好文，傳可衆心，非文不可，二失本也。胡經委悉，至於詠嘆，丁寧反覆，或三或四，不嫌其煩，而今裁斥，三失本也。胡有義記，正似亂辭，尋說向語，文無以異，或千五百，刈而不存，四失本也。事已全成，更將傍及，反騰前詞，已及後說，而悉除之，五失本也。」

上文中所謂失本，是指失眞，也就是失信。其五要點中，第一點指句法。梵文中句子結構多倒裝句，正如英文中之形容詞子句皆置於其所形容之字後面，卽其先行詞後面。漢譯時譯者爲使譯文合乎中文句法，而將此形容子句提前譯出，自然與原文結構不合。道安嫌此種變化背乎原文之句法結構，算是失本，也就是不信。按翻譯時難免有新語彙出現，因有新事物概念等材料，亦卽有外來語，或譯音，或譯新詞，不足爲奇。句法如全依照外文，不合乎本國句法的文句，必不爲本國讀者所接受，甚至無法譯出。林語堂在《開明英文法》第二四九頁曾舉出這樣的句子：

> The doctor examines the rat that carries the flea that harbours the germ that inflects the poor Indian.

試問這樣倒句怎樣譯成中文？這種句子在中文裏必須改「倒」爲「順」，甚至要拆散重組，以免無法譯出，或譯得古怪。我看只好分譯成兩句：

> 「醫生檢驗帶那種跳蚤的老鼠，因爲那種跳蚤身上藏有那種細菌，那種細菌使那可憐的印第安人受到了傳染。」

這種原文，要直譯是辦不到的。

道安說的二失本，也就是嫌經文翻譯得不够眞，不够直，不是指文法結構，而是指譯文表現的風格，因爲與原文的風格不符。原文樸質無華，而譯文濃艷雕琢，比如原文如漢代散文，而譯文成了六朝文。這當然是翻譯中之大忌。譯者有時或由於求好心切而忽略了原文的風格，因而將樸質的文體，譯成華美的文體，有時因爲自己有得意的文詞，無法割愛，竟不顧原文的樸質，而擅自將美妙之詞用進去，讀者一看，未嘗不愛慕讚賞，甚至拍案驚奇。但一對照原文，便覺上當。文章寫得美，這種才華，用之於創作，用之適宜，自然作者長才大展；用之於翻譯，則當因時因地而制宜，不然虛有其表，華而不實，眞正如老子所謂「美言不信」了。

道安所論之第三、第四、第五失本，皆指原文重複過甚，譯者刪而不譯，亦爲背乎信而失其眞，亦非直譯之道。但此種過於嚴格的直譯，行之必有困難，故後來鳩摩羅什即採取意譯，且亦將經文中重複處刪除不譯。胡適之在論佛經翻譯時，甚或以甚多佛經的翻譯未經鳩摩大師大刀濶斧予以刪削爲憾事呢!

進而至今日之由西洋文字譯成中文，如照嚴格之直譯，即不顚倒，不增減，這種僵硬直挺挺的死譯，可以說不是一個活人所願做的事，而是一架死機器的特長了。但是這種不是人的死機器譯出的句子，在報紙與電視的文句裏卻也有時出現，比如:

「那個實驗被很成功的完成了。」

「她正被許多年輕的讀者們崇拜著。」

若譯成英文倒滿容易:

The test was very successfully carried out.

She is being worshipped by many young readers.

讀到這樣句子，不由想到洋人說出的中國話:「我不是東西，我是一個人。」「你不是他的媽的兒子，你是你的媽的兒子。」不嘔吐一陣子，也得氣個半死!

若按道安論樸質華美的風格一事，那麼由原文的具象變成抽象而譯出，或者由抽象變爲具象，也是失本，也不够直譯了。但有時也是無可奈何。比如「兩袖清風」一詞，林語堂在《浮生六記》的英譯本上，譯成 He was an honest official and did not make money from the people. 而「肝膽相照」，也只好譯為 They are very sincere to each other. 總不能譯成 Their livers and galls shine on each other. 吧。倘若這樣推展下去，那麼「逸趣橫生」就該譯成 The running interest grows horizontally. 了，你說是不是?

三、翻譯的條件

翻譯的主要條件，當然是對原文文字的徹底了解，一也；有對譯文（比如譯成中文）的寫作能力，二也。若在這兩個主要條件之外再增加一個，也足以稱之爲主要條件的條件，那該是良心，也可以稱之爲，對翻譯藝術的嚴肅態度。再套句老杜的詩，就是「平生性喜耽佳句，語不驚人死不休。」若缺乏此種求好心切的癡勁，縱然對原文了解够透徹，譯文的寫作工夫也滿可以，也會因敷衍潦草苟且馬虎，而譯文，或不够精鍊，或粗心而犯錯。

以上三個主要條件之中，第一與第二是文字修養，第三是道德修養。我想這三個條件之重要性大小，恰如三足鼎立，缺一不可。這三個條件具備已經够難；不然，爲什麼我國半世紀來譯品之佳作之如此稀少？爲什麼翻譯文字之如此爲文字有修養的讀者所詬病？

若問：此三主要條件幸已具備於一身，此人在翻譯上便算合格的人才嗎？答案是：他的基本條件已然具備，若干附帶條件尚付闕如，而且壽如彭祖活八百歲，也無法完全具備。其故爲何？卽一人永無法具備百科全書之知識故也。

略有翻譯經驗之人都知道，除非一本書自己眞懂，卽是文法、單字、成語、專門術語、句中的含義都清楚，自己是不能譯的。友人李杏村曾說「譯者若不能把一本書或一篇文章吃下肚子去，就不能翻譯。」其實還不止吃下去，還得要仔細消化了才成。有時遇到外行，他會問我：「你是學英文的。這書是用英文寫的，爲什麼 你不能翻？」我只好反問他一句：「你是中國人，凡是用中國字寫的書你都懂嗎？」若說不懂也能翻，那才是欺人欺己，那才是做夢。不敢議論別人，先把我自己幾次醜事揭發一下。

一次是十幾年前爲某報副刊譯一篇〈甘迺廸角發射太空船〉。我譯新聞英文本非所長，對科學航空機械又茫然無知。但是當時此篇文字既不能推掉，又必須當天晚上趕譯完畢。別的不說，只記得有一個單字，是機械零件的名稱。好不容易在字典上查到，但是譯成中文卻有三個名稱，都是機械名稱，我望文不能生義，選擇猶如不選擇。當時急得無法，打電話找人請教，一時又無法聯絡上。無可奈何之下，只有和皇帝點狀元一樣，亂點了一個看來順眼的名稱用上。心想我譯錯譯對一般外行讀者也無由知曉，對他無甚重要；對內行嘛，只好由他恥笑了。其實我譯錯還不止此一專門術語，另外必還有譯錯的句子，因爲意思不懂，如何譯得對。

又一次，也是推不開的一篇雜誌文字，是講德國河下隧道工程的。我既不懂工程，又不會德文，雖然文字是英文，但夾雜若干德文（比如公司的名字等），我只好打電話問同學劉士驥兄。我對文字內容既不感興趣，又不徹底了解，字面又有困難，自然譯時心緒甚爲惡劣，最後只好勉強交差了。

由此兩次因文章與自己不對路而翻譯得窩心懊喪之後，以後學了點兒乖。就是，凡與自己路數兒不對的文字不論稿費多少，一律不翻。一則自己不沒事找彆扭，二則不譯出害人。

話說到此，可以轉到我爲什麼漢譯林語堂的小說了。說來原因很簡單。第一，我是浸潤在中國文化中長大的，因而對中國的東西感到熟悉而親切，就如同穿中國衣裳，吃中國飯一樣。第二，林先生的文字正派規矩。並不是說內容我全都透徹，比如中醫中藥，泰山西湖中的名稱，仍是多少有些疑難之處，但是解決起來，較爲容易。內容困難既小，就可以集中精力在琢磨文字上了。內容又有些詩詞、箋啟、文言祭文、對聯等需要雕琢的地方。素櫻一邊替我整理稿子，一邊打趣著說：「遇到這些詩文，又有你可以賣弄的機會了。」我說：「豈敢！ 只是一種文字遊戲的快樂獻醜的機會而已。」譯書而能感到快樂，該是對書能够入味，對譯文感到順手吧？誠然不錯，但是內容是中國的事物，也並非沒有獨特的困難。姑且說一方面。中文名稱在書中不是用英文字表達，便是用羅馬拼音拼出來，這些都須要還原成中文，這中文必須是原來的中文名稱。比如泰山、西湖、北平、上海等處的名勝街道諸名字，某種典章制度的名字，歷史上的人名地名，草木花卉的名字等等，可謂不一而足。幸而我在北平長大，抗戰時流浪四方，中國古書典籍稍曾涉獵，困難尚不爲大。比如《京華煙雲》上說北平有一條街叫 Morrison Street，原來上海老譯本卽據音譯爲馬理森大街。這就使書上的眞實感減色，因爲地道的北平人都不知道，縱然知道有王寡婦斜街，百花深處，耳朵眼兒胡同，馬大人胡同，但不知道什麼馬理森大街。原因是王府井大街在交民巷的洋人嘴裏，叫 Morrison Street。再如書中人物說話的口吻，尤其是北平人，我覺得一見英文，如聞其聲，翻成中文，自然有眞實感。比如原文的 Is there any hope? 是寫紅玉跳蓮花池自殺後剛打撈上來，有人這樣問。上海老譯本譯做「還有任何希望嗎？」這話並沒錯到哪兒去，但我總不相信中國人的嘴裏會有這樣按著英漢字典排列單字的句子。我當然找與這句英文相當的中國話抵換進去，成爲「還有救嗎？」舉一可以反三，此等例子，不須多贅。

中國人若譯英美作品成中文，則有兩種困難。第一是原著中文化社會典章制度等背景不熟悉，像張穀若譯英國哈代那麼廣泛查考《大英百科全書》以及其他英國文學參考書， 並且不厭其詳的做註解的人，畢竟不多。卽便都查得到資料，英文古怪處，這裏當然是指中國一般譯者的感覺，尤其是現代的英文，譯起來，煞是費事。所以我在大學一年級練習翻譯時，當時李霽野教授（《簡愛》譯者）告訴我不要動英美作家，先找俄國法國等國作家的作品的英譯本譯爲中文，較爲容易，因爲原著經過英譯其特別古怪處等於過濾了一遍，而英譯者的文字也都平易清通，不像英美作家創作時夾雜些像米飯中砂子稗子等「擱牙」的文字。

關於譯者的條件與書的選擇，拙見如此，略陳如上。

四、文與語

只要像個樣子的民族，也就是文化發展到了相當高度的民族，其語言必有文白之分，只是二者之間的距離大小不同而已。現在常聽說「不可文白混用」，其實文白在事實上是混用的，甚至必須混用，因爲文白基本上是血肉不分的，問題是怎麼個混法。「引車賣漿者」之流也會在白話裏加一句「豈有此理」，「談何容易」，「欲罷不能」，「總而言之」，「心有餘而力不足」，若把這些或類似這些個文句都改成白話再說出來，那才令人笑掉大牙。

既然語文裏文白都用，寫文章或從洋文譯中文時，對文與語沒有修養，其譯文中之文與語便不足觀，且必致拙笨、生硬、古怪、嚕嗦，而令人作嘔，於是讀惡劣的譯文成了懲罰，六法全書裏似乎應當加入「讀惡劣譯文十日」做爲懲罰的條款一則。精於語與文，也和精於其他技藝一樣，需要用功學習，並非可以倖致。

學文，必須在古典名著中紮根，學西洋文學也必須讀古典名著，都是爲吸收養分，學習技巧，尤其是讀美的純文學詩詞歌賦元曲小令，小說如《三國》、《紅樓》、《東周列國誌》、《醒世姻緣》、《西遊》等書。學文必須從此等文字中學，語也要從此數種白話名著中學。不讀到人家用語之妙，不知自己的缺點拙笨。從書中學習文句之外，還須從今日活人口語中去選擇提鍊。朱自清、稍晚被共匪逼死的老舍，都是運用活語言的高手，他們是不寫洋毒滿身的歐化語句的。朱自清在〈給亡婦〉一篇悼念文字中說:「沒有書，怎麼教書?」多麼自然純淨。若寫成拙劣的歐化白話，那大概是:「假若你沒有書，你將怎麼教書呢?」原來七個字，變成了十三個字。老舍寫大兵班長聽說有人會動他堆在火車通道上的東西，說:「誰敢動! 幹嘛動? 找揍!」寥寥七個字，眞好，太逼眞了! 若改寫成:「有什麼人敢動我的東西呢? 他幹什嘛要動我的東西呢? 若是他眞的動了我的東西，那豈不是他要自動地找我來打他嗎?」天哪! 够了!

在翻譯林語堂的《京華煙雲》時，紅玉跳蓮花池自殺，撈起來之後，有人問了一句: Is there any hope? 上海老譯本譯爲「還有任何希望嗎?」自然不算譯錯。但我不知道哪個中國人說這種話。我記得當時我譯成「還有救嗎?」這才像話，因爲這是 realistic language。

莎士比亞的《鑄情》（這個名字總比《羅蜜歐與朱麗葉》好吧?）一開頭兒兩家僕人在街頭打架，原文是

Abn: You lie.

Sam: Draw, if You be men.

梁實秋譯成:

阿: 你說謊。

薩: 拔出劍來，如果你們是男子漢。

朱生豪（世界書局有譯本）譯成:

亞: 你胡說。

桑: 是漢子就拔出刀子來。

若譯成:

亞: 胡說!

桑：小子有種，就亮傢伙吧。

似乎可聞其聲了，因爲是 realistic language。

再舉一個 realistic language 的例子。有一次，在一家理髮館裏聽到兩個理髮小姐閑談。有句云：「這年頭兒嫁人眞難！有錢吧，歲數兒大。年輕吧，沒錢。」我聞之大喜，幾乎想從椅子上一跳而起。並不是當時有了什麼非非之想，而是多少年沒聽見這麼乾淨俐落的語言了。因爲若按時髦兒的寫法會成爲：「在這樣時代做爲一個女性若嫁個丈夫眞是一件困難的事情。因爲假若他是個有錢的男人吧，他一定是一個年歲大的男人；假若他若是一個年輕的男人吧，他一定是一個沒有錢的男人。」親愛的讀者，您喜愛哪種說法？

以上是說語，再說文。

英文裏有 Life is short, art is long. 若譯成「人生是短的，藝術是長的」，我眞不知道什麼該是方的了。若譯成「人生短暫，藝術不朽」，自然好些，因兩句有整齊之美，若譯成「人生一瞬，藝術千秋」會更好一點兒吧。還有，哈代的《還鄉》中一章的標題是：

A Face on Which Time Makes but Little Impression.

文意爲《還鄉》書中的背景，是一帶草原，歷史上的遺跡渺不可見，古今一直如此。下面有兩個譯文：

①時間在表面上留下很少的痕跡來。（呂天石譯）

②一片蒼茫，萬古如斯。（張穀若譯）

二者優劣，讀者不難看出。「一瞬」、「千秋」、「蒼茫」、「如斯」、「萬古」等是文，當然前面「小子有種」等是語。

文與語沒功夫，寫作固無佳作，翻譯亦無佳譯。

五、疏忽與怠惰

若是有人把世界上的事分爲兩類，一種是可以粗心大意做的，一種是不可以粗心大意做的，則翻譯一事硬是要譯者使出獅子搏象般力氣的。才力淺薄固然是會錯，但是多查多問多想，也可以補救不少自己的短處。不然，稍一疏忽懶惰，闖蕩江湖的好漢也會陰溝裏翻船，南征北戰的大將，也會「將軍百戰身名裂」。正如《濟公傳》一開頭兒一首詩裏說：「閑居愼莫說無妨，剛說無妨便有妨。」剛笑別人犯了錯兒，自己也被人抓住了小辮子。今日陰雨無事，姑且閑談僉論人非。

以前在大陸上，據說上海三十年代中的一位作家，曾將 Milky Way（銀河）譯做「牛奶路」，把 blackbird（黑畫眉鳥，以鳴聲之美著稱）譯做「烏鴉」，不知是否屬實。其實一查字典，立刻得知其眞正意義，所費不過數秒鐘而已。今日臺灣若干書店，當然當年上海若干三等書店也一樣，都是由外行主持，花低得可憐的稿酬找中英文俱差又缺乏經驗熱情的學生胡亂翻譯些書，以「世界名著的中譯本」之名，去騙天眞幼稚的讀者。此等譯作中的錯誤眞不知多少。有的是對原文的含義弄錯，比如 scar 做「疤痕」解，scare 做「受驚」解。但 scar 的過去式及過去分詞是 scarred，而 scare 的字尾則無須重複，只是 scared 即可。這本簡單之至，而疏忽或懶惰也會把這兩字弄錯。比如書店中的英漢對照本《林肯傳》（文光書局印，其實是上海舊書）頁二九〇有句云：

> "I find speaking here and elsewhere about the same thing, I was about as badly scared, and no more, than when I speak in court."

這是林肯進國會後致家鄉友人書信中的文句，意為在國會中發言也是和在法庭中說話時同樣緊張害怕。而此書的漢譯則是：

> 「我在這裏和旁處說的是關於同樣的事情，我是同樣，受著嚴重的創痕，如同在法庭上一樣。」

再對原文意義弄錯而令人大笑噴飯的，莫如一部書名的漢譯了。那書是鼎鼎大名的 *The Complete Poetical Works and Plays of William Shakespeare*，當然是《莎士比亞詩歌戲劇全集》（當然不是《詩劇》），沒想到譯文卻是《莎士比亞的全部的詩意的工作與遊戲》。眞是樂哉此翁，不知與哪些鄰居兒童做遊戲也。

另有一個有趣的是在 Oliver Goldsmith 的 *The Vicar of Wakefield*《威克斐牧師傳》中。原文是：

> ... so that in a few years it was a common saying that there were three strange wants in Wakefield—a parson wanting pride, young men wanting wives, and alehouses wanting customers.

因為此新牧師到任後，自己樸實認眞，不重排場，不用副牧師輔助，勸青年早結婚，勿遊蕩，少飲酒，因此教區威克斐鄉流行了此三句話。但是譯者疏忽之下，把牧師 Parson 誤看做 Person，便勉強

望文生義譯成了:

「因此過了幾年之後，外面的人常說威克斐鄉有三種奇特的需要；第一是每一個人都需要自尊，第二是年輕人都想妻子，第三是酒店裏都需要顧客而不可得。」

以上全段譯文拙笨惡劣，在中學考國文也不能及格。幸虧他沒把 Pride 誤看做 bride，不然那更熱鬧了。我想改譯爲:

「幾年後，出現了三句俗語，說威克斐鄉有三缺——牧師缺架子，青年缺妻子，酒館缺客人。」

以上這些錯誤可以說是舉之不盡說之沒完的。連林語堂前輩也會把〈桃花源記〉的「緣溪行」譯爲 *Walked along the creek*。明明是漁人划船，不然後面怎麼有「便捨船，從口入」呢?

「戰戰兢兢，如臨深淵，如履薄冰」，James Legge 的英譯是:

We should be apprehensive and careful,
As if we were on the brink of a deep gulf,
As if we were treading on thin ice.

這是中國人勉人愼重細心常用的話，就以此爲本次閑談作結。

六、「歐化」語法

「歐化中文」，相當的英文是 Europeanized Chinese，此一名詞之不通，正如在臺灣都市有些飯館的招牌上所寫的「大陸風味」一樣。因爲大陸各省之烹飪風味各不相同，也正如歐洲大陸英法德西俄等國語法之不同。如此說來，當初造「歐化中文」一詞的人就是頭腦不清楚的半吊子的讀書人，比開個小飯館子而自稱大陸風味的小生意人高明不了多少。

中文受外國語文影響並不自民國始。東漢末及六朝期間佛教文化東來，翻譯佛經大盛，梵文（Sanskrit）的語法影響了中文沒有？有，但是微乎其微。如中文佛經中的「如是我聞」（其相當的英文是 Thus have I heard)，自然不是中國古文中曾有的句法，但中國文人只有極少數採用過。清朝《四庫全書》的總纂紀曉嵐的《閱微草堂筆記》中，記得有一部的標題是〈如是我聞〉。這顯然是採用漢譯佛經的譯句。不過佛經的譯文風格與句法，整個兒說，並未曾對中國文人的文章有所影響，也沒有對章回小說的白話有所改變。外國文字的語法眞正對中國語法發生影響，是在民國五四運動以後，是中國人學英文以後的事。

淸帝退位，民國肇建之後，內戰頻仍，不平等條約束縛之下，物質文明落後，工藝科技遠不如人，國弱民貧，雖然少數人如辜鴻銘前輩尙敢輕視洋人而以中國文化自豪，絕對大多數人心中產生了民族自卑感，認爲中國一切落於西洋人之後。船不堅，礮不利，固屬當然，而中國文字也不如西洋蟹行文字，似乎也不容置疑。

中國文字既然不如西洋文字，既然不能按照棄牛車而取火車以棄漢文而取洋文，只好將中文改變得儘量像洋文，認爲這是吸收西洋文字的長處。於是所謂「歐化」語法興起矣，嗚呼，滃歟盛哉!

前文已然說過，所謂「歐化中文」，其實卽是「英化中文」，亦卽 Anglicized Chinese。歐洲文字文法變化荒唐無理，已然超出人之想像能力，而以英文文法最爲簡易，亦卽其不合理處最少，但與中文比較，其囉嗦與累贅處，仍嫌太多。故使中文像英文，中文便增加了好多不必要的麻煩，也就喪失了其乾淨俐落直截簡鍊的優點。

若想看「英化中文」的面貌，試讀下列各句，可約略得之:

1. 英文的 linking verb 不敢省略。如「她病了」寫成「她是病了。」殊不知這「是」字在加重語氣時才用。如「我說她病了，你不信。她是病了，我知道。」

2. 形容詞必加「的」字，不敢說「紅花綠葉」，而必須說「紅的花和綠的葉」，倆「的」之外，再加一個 and。因此這些寫「英化中文」的人的英文程度還止於僅知道 A, B, C, D, and E 的程度，還不知道英國祖宗也用 A, B, C, D, E, 與 A and B and C and D and E 呢。

3. 名詞複數意義時，後面必加「們」和「些」。如「我那三個狗們」，「你那些書們」，「諸位青年們」。近來又有新花樣兒如「各位貴賓們」，似乎是把美國較爲新式的 every 指複數名詞的用法移植到中國來了。

4. 英文的副詞大多數由加 ly 字尾而構成，於是在中文依義當爲副詞之時，則畢恭畢敬加上土地爺的「地」字。如「見了洋祖宗畢恭畢敬地鞠了一個躬」，尤其荒唐的是「公然地汚辱」，「赫然地震怒」，「自然地同意」，「快地跑」，「像地獄般地黑暗」等等。那若遇見英文的 “Come quick” 是不是要挑英文的錯誤， 以華夷身分給英皇上書恭請頒佈聖旨使天下用英文者一律在此處 quick 上加 ly 呢?

5. 濫用「著」字。因爲人家英文有進行式，我們不用「著」字豈不自慚落後? 於是乎「騎驢看唱本兒，走著瞧」，固然無話可說。但「她有著一頭金黃的頭髮」，「你有著很大的勇氣」，「中山博物院有著好多珍貴的古物」也出現了。似乎英文並沒有 “You are having enough courage.” 當然英文裏有 “They are having dinner now.” 但是當正在吃解。「有著黃頭髮」這種「著」的用法也許是從英文而來的「青出於藍」吧? 至於把「吃著飯」說成「吃飯著」更不可思議了。

6. 被動的氾濫。如「你的信被我收到了」，「信被寫了，也被貼上郵票，就是還沒被寄出去。」這種句子似乎越來越多。寫這樣句子的人大概認爲下列的英文是對的，而且這種英文正是他的靠山:

This book is sold very well.

(銷路廣)

That rose is smelled wonderful.

(聞著香)

Pork is cooked more easily than beef.

(猪肉比牛肉容易煮得爛)

This road is being built very fast.

（路修得快）

The palace museum is worth being visited.

（值得參觀）

其實上列五句都應當是自動動詞形式。

而此人的英文程度也就可知，稱他爲 grammar-minded 大師，大概差可當之。

7. if 的充斥。當然這兒說的是「假設」一詞。在中國自然的語言裏，「假設」一詞並不多見，因爲還有與此詞同義的「倘若」、「倘使」、「設若」、「如果」、「若是」、「要是」（亦卽「若是」）、「要」等詞。卽便這些詞，也並非表示條件所必需。如佛家說「我不入地獄，誰入地獄？」賈寶玉對黛玉說「你死了，我當和尙去。」朱自淸的妻子對他說：「沒有書，怎麼教書？」以及「小子有種就過來！」「明天你得空兒就來。」這樣純熟的語言似乎快絕種了，而代之而興的卻是滿紙「假設」，這應當拜英文 if 一字之賜吧？

8. 當當當。when, while, as 引領時間子句，置於句首，而中文則在句末用「之時」、「時」、「的時候兒」。如「過大街時要小心。」「念書要用心。」「在尊長面前要有禮貌。」「吃飽了就不要再吃了。」這些乾淨俐落的句子都可以變成「當你……的時候兒」而成爲：

當你過大街的時候兒……

當你念書的時候兒……

當你在尊長面前的時候兒……

當你吃飽了的時候兒……

其累贅拙笨，眞令人難以忍受。在遇到 when, while, as 引領的子句都死翻做「當……之時候兒」之外，另外如 upon seeing him, 或 seeing him 等形式，也一律以一「當」千，如不滿紙「當當當」才怪!

試看下文:

It was dark in the morning *when* I got upon the coach at the inn door. The day was just breaking *when* we were about to start; and then, *as* I sat thinking of her, came struggling up the coach side, through the mingled day and night, Uriah's head.

——*David Copperfield*, Chap. 39

漢譯:

當我在旅店前跨進腳車時，天色還未亮。當我們就要動身時，才剛剛破曉。當我坐在那裏想念他時，尤利亞的頭從晝夜未分的光線中在腳車旁邊鑽出。

——《塊肉餘生錄》第三十九章

上段中 when 見兩次， as 見一次，譯文便連用三「當」字，可謂機械翻譯法之傑作，讀之殊覺過於重複。此譯本在時下譯書中，不失上中之作，其文字之欠琢磨處，尙且如此。此等以下，自不難想像矣。上段文擬改譯如下:

我在旅館前上車時，天還未明。將要出發時，才漸漸發亮。我正在車上坐著想念她的當兒，在晝夜未分的晨光中，從馬車的旁邊鑽進了尤利亞的頭。

好好，閑話到此爲止。但最後還有幾句話：

1. 你看見一個人的文章囉唆冗長，你可以先斷定他不通……中文通了，文字就簡潔。（林語堂《無所不談集》頁二一二）

2. 林語堂把這種充滿「當」、「著」、「被」、「它」、「們」、「地」等字的文字現象稱之爲「孽相」。對不對？請參看《無所不談集》頁二二五（開明書店版）。

3. 那些懷疑中國語文不科學、落後、野蠻的「各位先生們」，請看看這句話：

「漢學家高本漢及葉斯伯森（大語言學家）認爲中國話最合邏輯。」（《無所不談集》頁二一二）

還有：凡是我國精通中外文的學人，如胡適、蔣夢麟、林語堂、吳經熊等前輩，他們的中文並不洋毒滿身，何故？

七、琢　磨

玉不琢，不成器。珠圓玉潤的結果是由琢磨而來的。藝術原是掩飾藝術 (Art is to conceal art)，也就是掩飾那些斧鑿痕跡，不以劣品示人，而以成品問世。自己創作的文句固須推敲斟酌，翻譯來的文句何嘗可以詰屈聱牙拖泥帶水聽之刺耳讀之繞口，而厚顏呈現於讀者之前？倘若如此，便是如林語堂先生所說以「三十六根牙齒嚼不動的句子」強人下嚥了。

有的原文句子本來平平無奇，譯出來不必求其精光閃灼，自炫才華，當然也不會感到自己雕琢精美稱心如意的句子難以割愛，只要平淡自然也就可以了。但原文若俏皮精彩，則譯文便不可平淡無味，譯者總須抖擻精神賣弄賣弄，勿失原文光彩味道，不然原文大意雖可保持，神采風味便全然失去了。

以上原則，我個人能做到幾分，不敢自負，但不敢置諸腦後，而潦草敷衍。姑以拙譯《京華煙雲》中一段對白爲例，卽曾伏案推敲，而後寫定。原文爲下卷第三十九章第六七五頁，譯文爲九二四頁。書中人物孔立夫這位不失赤子之心的學者，向妻子及大姨子木蘭誇口說:

"There is no better chicken anywhere than in Soochow, and no better chicken soup than my mother's."

他妻子莫愁便接著說:

"And there is no man better fed and more indulged and pampered at home than Lifu."

這夫妻二人的對白，我覺得頗爲俏皮，尤其是恩愛小夫妻二人在大姨子面前，妻子的意思顯出對丈夫的疼愛，也流露自己的得意。她的話是緊跟著丈夫的話說的，句型相似，而且以 And 一字順著丈夫的 There is 句法重複說出來，用以加强語氣。只要將夫妻二人對白一念，讀者立刻可以覺得出來。但是我初次順手譯出來的是:

「再沒有別的地方有像蘇州這麼好的鷄，也沒有別的人做的鷄湯比我母親做得好的。」

妻子莫愁說:

「再沒有別的男人在家吃得這麼好，這麼慣著寵著像立夫的。」

自己一看，文意並沒有錯，但是原文句法的整齊重複感覺完全失去了。尤以妻子的話的第二句更是散亂，跟丈夫的話無法排順。於是改譯爲:

「鷄肉要算蘇州最好了，而做鷄湯，要算我母親做得最好了。」

妻子說:

「在家裏男人吃得最好最舒服，寵著，慣著，要算是立夫了。」

丈夫的話，兩句的句法總算化異爲同，算近乎整齊了。但是嫌妻子的

話仍和丈夫的話，在形式上配不上。於是二度修正，結果成爲:

「鷄肉，蘇州第一。做鷄湯，我母親第一。」

妻子緊接著說:

「男人在家吃得好，慣著寵著，立夫第一。」

這樣，原文二人對白中的幾個 There is 的整齊，由中文裏的幾個「第一」上便顯示出來，整齊的句法把對白的俏皮大概傳達出來了。這樣，是否恰當，不敢自是。姑且稱之爲文字遊戲，斗膽稱之爲「雕蟲小技」吧。

八、翻譯的路子

以前說社會上的行業有三百六十行，當然這個數字是象徵性的。人類文化之豐厚固非一人所能全部精通，而人之個性與專長亦往往因人而異。「能者無所不能」，這句話說來讚美人，或是存心諂媚人，固無不可，若是當做眞理去信，就徒見其荒唐無稽了。

翻譯已經是耍筆桿兒裏的一種，但是在內行看來，還是要再行分類才是。我們學一種外文的，比如說是英文，總難免有一天，有人找上門來，拿一段、一篇、或一本書請求爲他翻譯。沒有經驗的人，往往會不加考慮，輕易接下，以爲無困難。等打開書一看，原來困難重重。自己對那種外文下過苦工夫，往往文句結構難不倒人，難倒人的是文字的內容。俗語云，「隔行如隔山。」看不懂的硬是看不懂。你若說某書內容非所素習，看不懂，不敢翻。對方硬是不信，說你客氣，心想學英文的人怎會看不懂英文？最後逼得老實人說出難聽的話來，反問他一句：「凡是用中國字寫的書你都看得懂嗎？」這句話眞是差一點兒把人得罪了。但是自己知道是說的肺腑之言。

比方說，胡適之英文好，若有美國醫生講心臟解剖，他也聽不懂。丁文江英文好，講核子反應爐的功能，他也未必懂。通文學的未必精通哲學，通法律的未必懂文學批評。總之，一個人只通自己的那一行，有自己的路子，不必妄想串行。我這話如果用來指博學多才之士未必對，指我自己可千眞萬確。姑且舉幾件自己不光彩的經驗。

若干年前，一天下午，有報館送來一篇〈甘廼廸角發射太空船〉的英文稿子，要譯成中文，晚上來取稿。文字裏硬是有看不懂的。比如說，有幾個單字，是機器名稱，不知相當的中文爲何。急忙翻閱字典。大喜，幸而查到了。但是，且慢，困難仍不能克服。原來此一字有五個含義，看來都是機器上零件的專稱，必須自五個定義中擇一而用。生平就不知這五個定義有何差別，其實每一個看來都陌生。正急得如熱鍋上螞蟻不知如何是好之際，報館專人來取稿。打電話去請教朋友，偏巧人不在。情急之下，隨便找了一個漢譯名詞塡進去。心想，我翻對了外行也未必懂；翻錯了內行也未必不懂，只好暫時退出君子地位，姑且無良心一次，以後不再做此外行事便了。

再一次，是一篇雜誌上的文字。文字雖然是英文，講的卻是德國的水下交通工程。德文的專門名詞，如工廠的名字，專門術語的名字等，竟不知是人名、地名、公司名，只好在電話裏找朋友幫忙，文字旣翻不好，情緒又鬧得很壞。那等英文與內容，覺得翻不好就拿去發表，自然不安心；苦費心思琢磨文句，弄得平易自然文從字順，覺得又不甘心。總而言之，弄得一肚子煩惱一肚子氣。

前些日子，悔不該一時糊塗，輕易接了一本音樂的書要翻譯。有些音樂知識理論太內行的文句，也是看不懂。除去怪自己太笨爲何看不懂之餘，不由得怪原書作者爲什麼不說人話？爲什麼不說教人看得懂的話？心想那樣的學者必然是個反常而古怪的人，故意捨易就難，存心把話說得使人不能懂。在勉強譯了若干頁之後，只好把原書退回，請朋友原諒。非不爲也，實在是不能也。

有人看我翻了六本林語堂的小說與傳記性質的書，以爲我必有一套大道理，其實理由旣不偉大，也不堂皇，更不具深義。第一，我喜歡那些書的內容，懂那些書的背景，愛那清通純淨的文字，我自己喜愛琢磨抒情、敍事、寫景、對白的文字，樂於一試。於是，也許是對了路子，乃一本一本接連翻譯出來。譯時甚樂，速度也快，趕上文字無甚問題時，窮一日的工夫，可譯八千字到一萬字。遇到困難時，自然慢下來。最近譯一本名人傳記，內容牽扯到哲學，又覺得力不從心了，同時也感到苦惱。旣已過半，不便打退堂鼓，只好硬著頭皮翻下去。這次又學了乖，以後必須堅持翻自己懂而且有機會賣弄文字工夫的書，難懂而乾燥的書打死也不翻了。

去年，看到周治華先生的大著，書名大概是《針灸易經與數學》。內容涉及洋數學、中國醫學、易經、道家的奇門遁甲、陰陽八卦等專門深奧的學問。我不知在臺灣何年何月才能找到數十個諸葛亮般的人物將此書譯成英文?

外行人翻內行的書之終於止於外行，試舉淺例以明之，如下例:

The Complete Poetical Works and Plays of William Shakespeare

若漢譯爲《莎士比亞的全部的詩意的工作與遊戲》，您以爲如何?

親愛的讀者，請勿見此漢譯而發笑，此例雖淺，可以喻深，此事雖小，可以喻大，蕞爾小事，其中有至理存焉。

九、文法，邏輯，慣用法

創作的文章是用文字寫的，翻譯的文章也是用文字寫的，既然都是用文字寫的，則涉及文字的若干要素應當是相同的。文字的要素，其有形跡可尋的有三個，就是文法、邏輯、慣用法。其無形跡可尋的也有三個，就是明白、簡潔、和諧。

現在先談有形跡可尋的三要素。

第一、文法　文法就是一種語言文字基本構成的方法，不同的語言文字其基本構成的方法也不同。英德法俄西葡義等文字語言各自不同，但同屬歐洲語系，雖有不同，但其差異若與中國語言文字之特點相比，其差異自然較小。中文有中文之文法，絕不是硬照英文的文法套下來便可以的。比如英文說 I am busy，中文應當是「我忙」，絕不是照英文死翻做「我是忙的」。至於中文的「我是忙」，則是加強語氣，比如「我說我忙，你不信。我是忙，連看電視的工夫兒都沒有。」所以學英文也罷，中文也罷，都要先學說合乎文法的話，學寫合乎文法的句子。

第二、邏輯　記得七七事變後，當年秋天，日軍進佔平津，抗戰開始。當時有人鼓舞民心士氣，常常冒險傳播有利抗戰的好消息。記得一次，似乎是在課堂上，居然有人當眾散佈令人興奮的言論。他說：「日本非戰敗不可。」當時大家極爲歡喜，他緊接解釋道：「不然他怎麼會亡國呢？」話裏給人的印象是「日本戰敗，日本亡國」，所以大家不加思索，確是覺得抗戰前途極爲樂觀。但是我聽完此話，總覺得有幾分不對勁兒，當時年歲小，頭腦的思維推理能力差，不能洞察那句話邏輯上的毛病。後來才想通，原來他沒說日本戰敗的原因，說的卻是戰敗的結果——亡國。所以文法縱然對，文意還是會不通的。比如孟子說：「有爲者譬如掘井，掘井九仞而不及泉，猶爲棄井也。」第一句若英譯爲A man who has a project to carry out may be likened to digging a well，文法滿對，但邏輯犯了錯誤。就猶如我對你說：「你這個人好比游泳」，或是「這把椅子好比唱歌」，一樣不通。怎麼要完成一項計畫的人會能比掘井那個動作呢？若將孟子那句話改譯爲 A man who has a project to carry out may be likened to a man who digs a well，在邏輯上便站穩了腳步。文法雖因文字不同而有差異，邏輯則不因國別民族而不同，但也因語言習慣而小有差異，所以孟子這句話，在中國文字上還算通的。

第三、慣用法 各國文字語言皆有其習慣用法，既是習慣，便是用此語言文字的全國人都遵從的，也完全聽得懂看得懂的。這種習慣用法是習慣，不見得是理性的產品，甚至違背理性，但是仍然通用。如英文之 he goes 第三身單數現在動詞加 s 於字尾，法文之在無生命的名詞上也分陰陽性等皆是。最明顯的被動語態與自動語態一事，便是有理講不淸的。說 This table is made of wood 固然被動得大有道理，但把 The Palace Museum is well worth visiting，硬按理而說成，…worth being visited…卻又算錯，因爲違背了習慣用法。各國語言文字皆有其獨特的習慣用法。再拿被動說吧。A. G. Gardiner 在他寫的一篇 *On an Unposted Letter* 中有句子是：

I found a couple of letters, written a fortnight ago; put

in the envelopes, addressed and stamped—but not posted.

英文裏用了五個過去分詞表被動，譯成中文若用被動成爲:

「我找到了幾封信，在半個月前被寫的；被裝入了信封，信皮兒上也被寫了姓名地址，也被貼上了郵票——只是還沒被寄出去。」

這種譯文不把人嚇死，也把人氣死，總是要出人命的!

中文若寫得好，至少有一種技巧要學會，那就是知道省略主詞和受詞的辦法，連此一步秘訣若還不懂，便休談寫文章。記得小兒仰聖的初中某同學，也許對國文正在認眞下工夫，一天寄一張明信片到舍下，我趕巧看見，文字大概是這樣:

仰聖我兄大鑒：弟與兄一別數載，弟不知兄近況如何。兄接弟信後，請兄來信告弟兄何時在家，以便弟前去看兄。此祝

近好

弟

某某拜上×月×日

這封信文法邏輯並無錯誤，只是主詞受詞用得太多了。再比如英文是:

On my way home yesterday, I found a pen on the sidewalk. It was a new one, and I picked it up. I can show it to you now.

若按字面譯成中文，大概是:

「我昨天回家時，看見人行道上有一管筆。它是一管新的筆，我就把它拾起來。現在我拿它給你看。」

上句中三個它字在中文習慣中應當省去，而成爲:

「我昨天回家時，看見人行道上有一管筆。是管新筆，我就拾起來，現在我拿給你看。」

這不是乾淨俐落十分清楚嗎？再比如:

He put on his overcoat, took his walkingstick, left his house and went on his way.

句中的 his 要愚忠愚孝式的遵命全譯嗎？ 要說成「穿上他的大衣，拿了他的手杖，離開他的屋子，走上他的路」嗎？

再如 When I opened my eyes, he was brushing his teeth with his toothbrush. 若譯成:「我睜開我的眼睛時，他正用他的牙刷刷他的牙。」天哪，幸而我沒錯睜了你的眼睛，他也沒有用他的牙刷刷他媽的牙!

十、明白，簡潔，悅耳

在從文法，邏輯，慣用法三點上考慮琢磨過一篇文章之後，那篇文章的文字是否已經盡美盡善，保證已經沒有瑕疵？我想還猶有未足，恐怕還須另從三點上去衡量，這三點是明白，簡潔，悅耳，相當的英文三個字是：clarity, brevity, euphony。

寫文章的目的是表達情思，通常說是「達意」，這話應當不算錯。既要達意，便須把話說得清楚明白，不然便達不到說話的目的，或是寫文章的目的。我假定我們一般人是詞能達意的。我所擔心的倒是達意過了分，也就是明白太利害。這會嗎？誰說不會？難道你沒接過電話？你越忙著出去，對方越說個沒結沒完，其實你早已清楚。你越是飯後睏得打盹，對方越是像教小學一樣，把你看做好寶寶，說起來唯恐不清楚。比如說「中國民初的國旗是由幾種顏色構成的呢？中國民初的國旗是由五種顏色構成的。那五種顏色是什麼顏色呢？那五種顏色就是下列的五種顏色。第一種顏色是紅色，第二種顏色是黃色，第三種顏色是藍色，第四種顏色是白色，第五種顏色是黑色。這五種顏色就是中國民初中國國旗的顏色。」我想上面這一段文字再壞也不能說不够明白。是不是太明白了呢？不知為什麼談到這種過於明白的表現法，我便想到民國十年左右梁啟超一派人的講演詞，也許他們以為喚起民眾必須把話說得這樣清楚吧？

再舉一例。愛聽國劇的人都知道「硃痕記」這齣戲。因遭災難，婆媳二人乞討逃難，流落異鄉。趕上這位婆婆的兒子，也就是此兒媳的丈夫已然身爲高官，在此鎮上主持官家的賑濟。他聽到外面有女人的哭聲，也許是心神感應，覺得彷彿是自己的骨肉啼哭。差役說有兩個女人在外面。大老爺吩咐差役帶一個女人進去問話。沒想這個差役（是個小丑兒），卻把話說得太明白。他說:

「老爺吩咐你們進去回話。可是一樣兒:

老的進去，小的別進去。

小的進去，老的別進去。

倆人別都進去，

倆人也別都不進去。」

其實五個字足矣，就是「一個人進去。」所以說話不清楚不行，太清楚也不必，因此語言文字，清楚明白之外，還以簡潔爲貴。

何謂簡潔? 簡潔就是以最少的字表達最多的意思，就是要一本萬利。「惡少」就比「不良少年」簡潔。「電器」就比「電化製品」簡潔。好像我們現代的語言是越來越趨於嚕囌，因爲這樣才算進步吧? 唐劉知幾所著《史通》的〈敍事篇〉有句云:

「夫國史之美者，以敍事爲工，而敍事之工者，以簡要爲主……逮晉以降，流宕愈遠，尋其冗句，摘其煩詞，一行之間，必謬增數字，尺紙之內，恒虛費數行。」

英國文法家 J. C. Nesfield 在他所著《英文文法作文手册》(*Manual of English Grammar and Composition*) 一書中論簡潔 (Brevity) 說:

As a general rule, however, brevity give as much force in a sentence as diffuseness takes from it. A word that does no good does harm.

蘇格蘭作家 Alexander Bain 也曾說:

> If a thought can be expressed in five words there is a waste of strength in employing ten.

據說修《唐書》的宋朝史學家宋祁和幾個朋友，看見一匹馬受驚之後，在街上急奔而來，一條狗臥在街上，來不及躲避，被馬踐踏而死。幾個史學家試著用最少的字數敍述這件事，表現得最簡潔的是六個字:「奔馬殺犬於道。」的確是簡潔到家了。

不過話說回來，話，第一說得淸楚明白，第二不嚕囌累贅，確實做到了簡潔，算不算好的語言文字呢? 比如把「交通便利」，「設備完全」，「靠近菜市學校」等語，縮寫成今日報上小廣告用語，而成爲「交便」，「設全」，「近菜學」，不是人也看得懂嗎? 也明白也簡潔嗎? 但是這已傷害到語言文字的自然節奏，讀之旣難上口，聽之亦不悅耳，已無文氣兒可言。「吃葡萄」沒法子簡化到「吃葡」，「彈琵琶」再簡化也不能成爲「彈琵」。至於南京東路之「臺玻大樓」，硬把「玻璃」取其一字，這是空前大膽創作，人間不能無一，不可有二。因爲動物裏還有一種四不像子叫獏的呢。

寫文章和說話畢竟不是打電報，一要明白，二要簡潔字少，好省電報費。在已然明白簡練之外，還得顧到第三個因素，那就是聲音諧和，要順口，要悅耳，詰屈聱牙是不行的，誰眼裏要揉沙子? 誰吃蝦吃牡蠣願和沙子一起嚼呢? 即便在鞋襪裏頭的足下也不願踩砂礫呢。所以語言文字的聲音不諧和，只好去做博士的科技論文了。

好的詩文，都有其音韻節奏之美，反過來說，凡是稱得起好詩文的，沒有聲音節奏不美的。欣賞外國文章，最難欣賞的莫過於聲韻節奏之美。卽使在本國人，十歲以後再接近詩文，恐怕也不易嘗到音韻節奏之美了。今日學校的學生很少有聽到詩文高聲朗誦的，對於中國詩文的音韻節奏之美，這一代自然是十足的門外漢，自己在寫作上欲求聲韻節奏之美，也便難於上靑天了（坐飛機不算）。據說宋朝韓琦在河南建了一座庭園，其中的正堂起名為「晝錦堂」，因「富貴而不歸故鄉，如衣錦夜行」，今出將入相，位極人臣，在故鄉建庭園，故曰「晝錦堂」，表示衣錦還鄉之意。且說庭園竣工，請歐陽修作〈晝錦堂記〉。此文原先開頭是「仕宦至將相，富貴歸故鄉。」文章送出後，歐陽修派快馬追回，改成「仕宦而至將相，富貴而歸故鄉」，加了兩個「而」字，才放心送出。這兩個「而」字毫無意義，只是句子的音韻節奏因而由平板質直，一變而搖曳有致了。所以，若說「明白」，「簡潔」，「悅耳」可算是一鼎的三足，當非過言吧。而且，於創作如此，於譯文亦復如此。

十一、諺　語

各國語言中皆有諺語，諺語大都是具有兩個特色。第一是言簡意賅，第二是富有文字技巧。所謂文字技巧，指的是叶韻。叶韻，一則取其悅耳順口，一則易於記憶，自然可以行遠。兒童皆喜歌謠，鄉下人皆喜說押韻的俏皮話兒，便是明證。以前兒童讀的書如《百家姓》、《千字文》、《名賢集》、《六言雜字》、《三字經》等，莫不押韻，其實，容易記誦之外，在聽覺上還是一大享受、一大滿足，今日編兒童教科書忽略此點，自是一大錯誤。

英文押韻的諺語眞是俯拾卽是。如: No Pains, no gains; All work and no play, makes Jack a dull boy; Early to bed, early to rise, makes a man healthy, wealthy and wise, 不押韻的，則有字重複，如: No venture, no have; like father, like son. First come, first served. 當然也有句中旣無字押韻，也無字重複的，如: The early bird catches the worm; The pen is mightier than the sword. 中國的諺語也是如此， 無須舉例。其共同點仍是文字簡潔自然。

現在論到諺語的譯法。也可以說這只是我自己閉門造車的譯法。我譯諺語譯法有二。第一是用已有的諺 語擇其意思相似或相近者，予以抵換，只是借用，不是創造。如 The more haste, the more waste，相當的中文是「欲速則不達」； The style is the man 相當的中文自然是「文如其人」; as strong as a horse, 則譯爲「體健如牛」; When in Rome, do as the Romans do, 則譯爲「入鄉隨俗」。這都是借用，並非創造。

另一種是，甲國的諺語，乙國沒有相當的，或是雖有而自己不知道，便只好自己翻譯。譯時，譯文不僅以達意爲滿足，而是要譯得像諺語。爲了要像諺語，往往用韻語，一句用七個字，或五個字，像句淺顯的詩一樣；或者分成兩句，句法要整齊，三字、四字、五字一句皆可，但務必要順口易解，聽來自然悅耳才好。若生硬繞口，平仄不協，意思雖可解，但失去了語言的俏皮，因之也失去了諺語的感人力量，或是說服力量了。

茲舉數例如下，每句皆有兩三個不同的譯文:

①There is no accounting for tastes.

a) 人各有所好。

b) 談到趣味無爭辯。

②To see is to believe.

a) 眼見爲信。

b) 眼見爲實，耳聽爲虛。

③A burnt child dreads the fire.

a) 一朝被蛇咬，三年怕井繩。

b）一朝遭蛇咬，十年怕井繩。

④Art is long and time is fleeting.

a）藝術是長久的，而光陰是短暫的。

b）藝術千秋，時光一瞬；時光一瞬，藝術千秋。

⑤A stitch in time saves nine.

a）及時縫一針，省卻將來的九針。

b）早縫一針，晚縫九針。

⑥Danger comes soonest when it is despised.

a）對危險千萬不可疏忽大意。

b）不躓於山而躓於平地。

c）爲人愼勿說無妨，才說無妨便有妨。

⑦East and West,
Home is best.

a）東奔西跑，還是吾家最好。

b）天涯海角，家中最好。

⑧East is East, and West is West, and never the twain

shall meet.

a）東方就是東方，西方就是西方，兩者永不相會。

b）東是東，西是西，東西相會總無期。

⑨Ignorance is bliss.

a）無知便是福。

b）庸人多福。

⑩Light suppers make long life.

a）少食可以延年益壽。

b）晚飯少一口，活到九十九。

⑪Slow and steady wins the race.

a）不慌不忙，實事求是者可以致勝。

b）穩健操勝算。

⑫When the cat is away, the mice will play.

a）閻王不在，小鬼翻天。

b）閻王一轉臉，小鬼鬧翻天。

c）貍貓一轉臉，老鼠造了反。

現在略微比較這些不同的譯法。「眼見爲信」不是諺語；「眼見爲實，耳聽爲虛」，至少是黃河流域的諺語。「一朝被蛇咬，三年怕井繩」，此一「被」字，不但沾染上現在流行的拙劣的被動用法，而且音韻不如「遭」。「遭難」，「遭殃」，「遭人唾罵」，都是「遭」字很好的用法，何必老用「被」字表被動語氣。「三年」不如「十年」，聲韻與力量都不同。「藝術是長久的，而光陰是短暫的」，不但辭費，而且無力量，不俏皮，比「藝術千秋，時光一瞬」差遠了，前者是一盃酒攙八缸水，後者則是「蘭陵美酒夜光杯」的美酒了。其實「時光一瞬，藝術千秋」，聲音更好。「東奔西跑，還是吾家最好」，仍然是文字太浪費，句法不整齊，幸好還知用韻；「天涯海角，家中最好」的優點是整齊用韻，教人念著好舒服。「東方就是東方，西方就是西方，兩者永不相會」，散漫無味，毫無語言的藝術可言，正如孩子話。「東是東，西是西，東西相會總無期」，句法像詞，像古詩，也像曲，散中帶有整齊，用韻把全句連串起來了。Light suppers make long life，譯做「少食可以延年益壽」太平淡無味，爲什麼不利用中國的諺語對譯呢？「晚飯少一口，活到九十九」，第一，五字一句，句法長短一致，第二，用韻，正是中國諺語的特點。有這樣諺語，樂得借用。否則，可以創造，這創造，自然指的是倣造。倣造的文句，讀來，應當說聽來，要像諺語才行。

養成語言表達的能力要多讀小說。中國舊小說讀十部足矣，現代小說還不敢亂舉。更重要的是，找機會用耳朵從能言善道的男女口中聽，聽到記住。這樣，不但翻譯時表達能力強，平日口頭說話口才好，話也說得不乾燥了。

十二、譯　詩

翻譯文學作品，自然難免遇到詩要翻譯。話可以這麼說，只有詩人才能翻譯詩，再細說，譯者對原詩要有理解與感受的能力，對譯文的詩則必須有寫作的能力。如果自己不能用英文寫詩，則不可以把中國詩詞譯成英文；反之，如果沒有寫中國詩的能力，則不能將英文詩譯成中文詩。一個研究英文的中國人，如果中英文詩都能動筆寫作，中國詩譯成英詩，英詩譯成中詩，雙線交通，左右開弓，確是難之又難。若問近半世紀以來，具有這樣雙槍將的本領的譯者有幾人？確是個有趣的問題。

中國近五十年來，戰亂頻仍，社會動盪不安，文化人爲稻粱謀之不暇，畢生從事寫作譯述者，實在微乎其微，故譯述之成績，較之東洋日本，西洋歐美，實在令人慚愧。而譯者中之長於中英詩互譯者，幾乎眞有「前不見古人，後不見來者」之歎。思之復思之，孤陋如在下，只能舉出一人，恐亦只此一人。此人非他，吳經熊先生是也。

吳先生，法學家、哲學家、文學家。英詩中譯有《聖詠譯義初稿》（商務版）。係將英文本舊約中讚美詩譯成中國古風之作。文筆樸茂，謹摘錄數行於下：

(1)When my enemies turned back

they stumbled and perished before thee.

For thou hast maintained my just cause; thou hast sat on the throne giving righteous judgement.

Thou hast rebuked the nations, thou hast destroyed the wicked;

thou hast blotted out their name for ever and ever.

The enemy have vanished in everlasting ruins;

their cities thou hast rotted out;

the very memory of them hast perished.

——*Psalms* 9

吳氏漢譯:

吾敵已潰退，紛紛仆主前。公義已見伸，睿斷洵無愆。

主已懲萬邦，消滅諸悖逆。塗抹不肖名，終古歸沈寂。

敵國城邑已荒蕪，樓臺亭閣悉成墟。繁華事散逐輕塵，欲尋遺跡蕩無存。

——《聖詠譯義初稿》頁五

(2)There are many who say, "O that we might see some good!

Lift up the light of thy countenance upon us, O Lord!"

Thou hast put more joy in my heart than they have when their grain and wine abound.

In peace I will both lie down and sleep; for thou alone, O Lord, makest me dwell in safty.

吳氏漢譯:

眾庶喁喁望，何日見時康，吾心惟仰主，願見主容光。主已將天樂，注我腔子裏。人情樂豐年，有酒多且旨。豐年誠足樂，美酒豈無味？未若我心中，一團歡愉意。心曠神亦怡，登榻卽成寐。問君何能爾？恃主而已矣。

——《聖詠譯義初稿》頁三。

吳氏英譯的中國詩有 *50 Poems from the Chinese, Four Seasons of the "T'ang Poetry"*。下面舉吳氏譯詞一首:

長相思　　李煜

一重山，兩重山，山遠天高烟水寒，相思楓葉丹。
菊花開，菊花殘，塞雁高飛人未還，一簾風月閑。

吳氏英譯:

A GIRL'S YEARNING

One range of mountains,
Two ranges of mountains.
The mountains are far, the sky high, the mists and waters cold.
My lingering thoughts have reddened the maple leaves.
The chrysanthemums bloom,
The chrysanthemums wither.
The wild geese from the border fly high, but my love has not come home.

The wind and the moon play idly on the screen.

——*50 Poems from the Chinese*

吳氏之外，有英漢詩互譯刊行於世者，在下淺學，竟不克再想到一人。至於中國人將中詩英譯，或外國人將中詩英譯者，零星翻譯者多，整部詩集或整部作品翻譯者少。只有《詩經》及《唐詩三百首》兩部。不過祝德光教授已將《寒山詩集》擇要譯畢，是一大好消息，係按韻律譯的，深盼早日出版。中詩英譯總算起來，其數量亦不算少。下面有《西厢記》裏幾句，可謂香艷，試比較兩種譯法：

行一步兒可人憐。解舞腰肢嬌又軟，千般裊娜，萬般旖旎，似垂柳在晚風前。 ——《西廂記》，第一齣

熊式一譯：

Every step she takes arouses one's affections.
When she moves, her waist is as graceful and supple as
that of a dancer,
With a thousand attractions and ten thousand charms,
Like the drooping willow in the evening breeze!

——*The Western Chamber*, p. 11

林語堂譯：

Now she moves her steps, cunning, pretty,
Her waist soft like a southern ditty,
So gracefully slender,

So helplessly tender,

Like weeping willow before a zepher giddy.

——*My Country and My People,* p. 265

二人譯詩風格大異。熊譯照文字面亦步亦趨，平直表達。林譯則如天馬行空，少受原文形式拘束，而文字音韻上煞費安排，亦見精巧。雖不老實，但原文情趣則躍然紙上，可謂妙傳神髓，個人獨喜此派譯法。

林語堂先生將中國散文與詩歌英譯者甚多，長篇者如〈歸去來辭〉、〈黛玉葬花詩〉，但林先生之漢譯英詩則從未見過。然並不能據此而遽謂林先生不能寫中國詩，因爲在開明出版之林著《無所不談集》中，亦載有先生漢詩數首，或其漢詩成就爲其英文著作之大名所掩歟?

今再回到本題，英漢詩互譯實非易事，所牽連之問題亦多。至於英詩如何漢譯，則問題更多，今日至此擱筆，容後詳談。

十三、再談譯詩

談到中英詩互譯人才之少，也正因爲文字修養到能寫詩煞非易事，而今竟需要英漢俱精，自然更難。今姑且單以英詩漢譯一事而論，略抒鄙見，因爲國人做翻譯的，以及國人學英文或其他洋文的，畢竟是由洋譯中的較多，所以這自然是涉及譯者更多的題目。

由英詩譯漢詩，第一個遇到的問題就是漢詩是什麼樣子，也就是譯成什麼樣子的漢詩。

詩是精鍊的語言，詩句不像散文與口頭話那樣長，或甚至冗長。詩句的聲音必須有音樂美，大致要合乎平仄。於是詩便不是散文，於是詩也就不是口頭話。黃遵憲的「我手寫我口」與白居易詩據說「老嫗能解」，都是誇大之詞，是站不住的。尤其「我手寫我口」，不知誤了多少不肯深思的年輕人。說寫詩要有形式，要有規矩，居然也有些不肯深思的人表示反對。試問核子、原子、質子、礦石結晶、草木、空氣、宇宙、鳥獸人的身體，哪一樣沒有規矩？打籃球，踢足球，那樣沒有規矩？否則用拳頭把對方打得七孔流血之後，抱著籃球回家睡覺好了。高手能在嚴格的規矩中逞技巧，笨蛋像我這不會打球的人才痛恨球規約束我，精巧者則在規矩中生龍活虎般的活動。這樣淺顯的道理，兒童也可以懂。胡適之《嘗試集》的幼稚時代，早應當已經過去。胡先生敢把《嘗試集》中那樣的「詩」印出來，他的勇氣太大了。

因此，譯出的詩既然要詞句精鍊，更要悅耳順口，我就不知道如何能隔絕或廢棄中國詩詞曲小令的優美的傳統。若說律詩束縛作者的才華，請問英國的「商籟」(Sonnet)，也就是十四行詩的規律那樣森嚴，爲什麼嚇不倒莎士比亞、彌爾頓、濟慈這些甘願循規蹈矩甘願受束縛的詩人呢?

當年在北平時，曾從英國抒情詩中選出百餘首漢譯，名爲《英吉利詩鈔》，當時正受卞之琳、何其芳等的新詩影響，譯詩的風格也按照時尚安排，也就是所謂「新詩」（其實這個名稱是欠通的）。但是後來覺得，如果在文字精鍊悅耳順口之下，採取一種詩體，把中國詩經楚辭漢魏樂府、唐之古風律絕、宋詞元曲小令熔匯於一爐，不知如何? 因爲如此一來，則句法長短無律絕的限制，韻的疏密無詞曲的限制；句之長短，韻之疏密，既然全無限制，試問還有什麼人爲的「桎梏」來「迫害」我呢? 我又決定不用古奧艱澀的字眼兒，不用古韻，文字要文而不澀，淺而不俗，這樣試著翻譯了些英詩。不過，我以爲中英文字不同，我並不遵守原詩的韻腳；譯詩中的文字技巧仍是中文的技巧。因爲原詩的聲音節奏之美既然在譯詩中渺不可見，若再不賦與中文的文字美，尙有什麼文字美可言? 沒有文字美，又何足以稱爲詩。也許有人稱這種譯詩不是翻譯，只算是改寫，就猶如吳經熊先生的《聖詠譯義初稿》一樣。若照克羅齊的《論翻譯》說——翻譯只是與原文有幾分相似的東西——這種翻譯自然也仍可以稱之爲翻譯。克羅齊又說，好的譯文不是與原著對照供學生參考的，好的翻譯要有本身獨立的價值，本身也是創作。

不管怎麼樣，我卻以這樣試驗的態度把 Oliver Goldsmith 的 *The Deserted Village*《荒村》譯出來了。茲引若干節於後。下面是敍述早年酒館中的情形:

Vain, transitory splendors! could not all
Reprieve the tottering mansion from its fall?
Obscure it sinks, nor shall it more impart
An hour's importance to the poor man's heart.
Thither no more the peasant shall repair
To sweet oblivion of his daily care;
No more the farmer's news, the barber's tale,
No more the woodman's ballad shall prevail;
No more the smith his dusky brow shall clear,
Relax his ponderous strength, and lean to hear;
The host himself no longer shall be found
Careful to see the mantling bliss go round;
Nor the coy maid, half willing to be pressed.
Shall kiss the cup to pass it to the rest.

我的漢譯是:

過眼繁華歇，大厦委灰塵。傷心遊子歸來日，欲於此處談說逞才藝，屋破已無因。無復農夫至，歡樂忘辛勤。理髮匠，不見再來說故事。富豪紳，在此無新聞。樵夫山歌在此成絕響，不再傳遠近。再無鐵匠洗淨眉頭之灰塵，來此且歇息，鬆鐵臂，倚案傾耳聽。再不見，店主人，殷勤照顧滿堂客，四座酒氣飛，人人舉盃飲。再不見美艷當爐女，含羞自將酒盃吻，玉手傳與客人飲，客人強擁抱，一半兒含羞一半兒肯。

下一段是寫一老婦:

But now the sounds of population fail,
No cheerful murmurs fluctuate in the gale,
No busy steps the grass-grown footway tread,
But all the bloomy flush of life is fled——
All but yon widowed, solitary thing
That feebly bends beside the plashy spring;
She, wretched matron—forced in age, for bread,
To strip the brook with mantling cresses spread,
To pick her wintry fagot from the thorn,
To seek her nightly shed, and weep till morn——
She only left of all the harmless train,
The sad historian of the pensive plain.

漢譯是:

如今已無萬家燈火與村聲，再無笑語浮沉逐晚風。細草小徑已無腳步忙來往，村中旺氣已無存。只賸村婦寡且貧，煢煢一孤身。龍鍾行難穩，屈伏泉水濱。尋野菜，塡空腹，張破網，撈水芹。爲禦冬寒伐荆榛，做柴薪。日暮獨歸茅舍去，飲泣曉星沉。全村人，皆遠去，此老嫗，一身存。滿腹淒凉傷往事，平原村莊一史臣。

Goldsmith 這首長詩，我是抗戰期間在北平輔仁大學西洋語言文學系攻讀時，美國神甫桑德厚教授所授，四十一年來臺後開始翻譯。二十餘年來不斷修改，恐尚不免於錯誤，有時錯處由自己發現，有時由朋友指出。林語堂先生英譯《浮生六記》時，曾十易其稿，最後由友人張沛霖又發現十餘錯處，甚矣翻譯之難也。此事在英漢對照本《浮生六記》後有記載。我這首長詩的漢譯之印出，並非是自認爲差近妥當，只是慮及抄寫稿件，藏諸書箱過久，不遭散落遺失，便飽蠹魚之腹，殃及梨棗，不計也。另一理由，就是藉此也表示一下我對英詩漢譯的主張。我的主張是：我們的詩儘可以變，但不可以失去中國詩的傳統，若失去中國詩的傳統，便失去了歷史的土壤。沒想到有歷史癖的文學革命先鋒胡適之先生，竟一刀砍斷了新詩的歷史根。

以上所談是詩創作時會遭遇的問題，也是英詩漢譯時所遭遇的問題。詩之爲詩，與分行不分行倒沒有多大關係。

十四、胡適的譯詩

（一）

民初，英國浪漫派詩人拜倫之 *The Isles of Greece*，據吾所知第一漢譯者爲馬君武，其次爲蘇曼殊。民國二年張奚若携馬譯詩赴美，胡適才見到。在民國三年二月三日夜晚，胡適始以騷體譯出，於是此一英國名詩，中國乃有三譯文。近讀《胡適留學日記》，才知初譯此名作爲中詩者，實爲梁啟超，但僅譯全詩十六節中之二，載於《新中國未來記》中。臺灣開明書店出版之《學文示例》中，選有馬蘇胡三人漢譯，梁譯之兩節已不易見，商務印書館出版之《胡適留學日記》第一册第一八一頁有引用。胡適對梁馬蘇三人譯文有如下的評論:

> 「君武所譯多訛誤，有全章盡失原意者；曼殊所譯，似大謬之處尚少。而兩家於詩中故實似皆不甚曉，故詞旨幽晦，讀者不能瞭然。」

論到梁譯，極爲讚美，他說:

> 「梁譯此章最佳，幾令我擱筆。」

胡適翻譯《哀希臘》之經過，也有記載，他說:

> 「吾嘗許張君爲重譯此歌。昨夜自他處歸，已深夜矣，執筆譯之，不忍釋手，至漏四下始竣事。門外風方怒號，窗樞兀兀動搖，爾時羣動都寂，獨吾歌詩之聲與風聲相對答爾。」（民國

三年二月三日）

關於此詩漢譯之詩體，我於〈蘇曼殊的譯詩〉中，曾略陳鄙見。我認爲「馬君武以七言古風譯，胡適之以騷體譯。五言短於七言，騷體更可長於七言，而且騷體中每句不限於固定字數，用以達意，更富有彈性，更富有變化。胡適之採用騷體最爲聰明，最佔便宜，而曼殊大師用五古，自然最爲吃力，亦最不易討好。」

在譯詩完畢後，胡適自評曰：

「此詩全篇以四時之力譯之，自視較勝馬蘇兩家譯本。一以吾所用體較恣肆自如，一以吾於原文神情不敢稍失，每委曲以達之。至於原意更不待言矣。能讀原文者，自能知吾言，非自矜妄爲大言也。」

胡適以用騷體「較恣肆自如」，可知比用五言七言佔了多大便宜。

拜倫原詩之第三節如下：

The mountains look on Marathon——
And Marathon looks on the sea;
And musing there an hour alone,
I dream'd that Greece might still be free;
For standing on the Persians' grave,
I could not deem myself a slave.

胡譯爲：

馬拉頓後兮山高，
馬拉頓前兮海號。
哀時詞客獨來遊兮，

猶夢希臘終自主也;

指波斯京觀以爲正兮,

吾安能奴僇以終古也!

胡適極口讚美的梁啟超的譯文如下:

馬拉頓後兮山容縹渺,

馬拉頓前兮海波環繞。

如此好山河也應有自由回照,

我向那波斯軍墓門憑弔。

不信我爲奴爲隸今生便了,

難道我爲奴爲隸今生便了?

讀梁啟超這一段譯詩，不由想起孔尙任《桃花扇》中最後的〈哀江南〉來。恐怕兩者之間有些風格近似處。

拜讀前賢筆墨，眞有高山仰止之感。

(二)

今年「五四」正好是六十年紀念，六十年不是一段短時光，各報章雜誌都在副刊上費盡力氣找權威人士寫文章，挖空心思「別苗頭兒」，題目多集中「五四」的各方面，人物則集中在胡適之先生身上。本欄上週也談到胡適之評論拜倫的 *The Isles of Greece* 的漢譯，似乎也在隨人湊熱鬧。既然湊了一次，索性再來個第二次吧。

一般而論，《詩經》上的詩句絕對大多數是四言詩，而《楚辭》則句子加長，常於句尾加兮字。用騷體譯詩時，句長則表達英文每一行時較爲容易，句尾有兮字，如須表達纏綿感歎時，則自然多了一番情致。此胡適選用騷體譯《哀希臘》之用意。他自己也說「吾所用體較恣肆自如。」

近讀《藏暉室札記》第三册，又見胡適譯詩一首，仍用騷體。原詩題爲 *Roadside Rest*，其詩如下:

Such quiet sleep has come to them,
  The Springs and Autumns pass,
Nor do they know if it be snow
  Or daisies in the grass.
All day the birches bend to hear
  The River's undertone;
Across the bush a fluting thrush
  Sings evensong alone.
But down their dream there drifts no sound:
  The winds may sob and stir;
On the still breast of Peace they rest——
  And they are glad of her.

胡適的譯詩如下:

伊人寂寂而長眠兮，
  任春與秋之代謝。
  野花繁其弗賞兮，
  亦何知冰深而雪下?
水潺潺兮，
  長槐垂首而聽之。
  鳥聲喧兮，
  好音誰其應之?

風嗚咽而怒飛兮，

陳死人兮安所知兮？

和平之神穆以慈兮，

長眠之人於茲永依兮。

本詩句，亦類似其所謂《哀希臘》詩，足見胡先生對譯詩所採之詩體早有一貫的看法。林文月女士譯日本紫式部之《源氏物語》中之日文詩時，亦曾用兮字，如:

蓬草深兮極目哀，

殘園斷壁滿園老，

更覆白雪兮忍徘徊？

林女士自己說: 「至於兮的安排，是爲了想把握『和歌』裏面纏綿婉轉的韻味而設的。」我想這和胡適之採用騷體的用意相同。我譯 Oliver Goldsmith 之 *The Deserted Village*(《荒村》)時，亦用長短錯雜句法，偶爾亦用一兮字，但未多用。若句法短之小詩，則適於用五言絕句或七言絕句。林語堂在所著 *The Red Peony*《紅牡丹》一書中有小詩二首如下:

I arise from dreams of thee.

We were holding hands together and free,

And would never let them go.

The day is richer for me.

I arise from dreams of thee.

Freed from this separation and pain.

Oh, if this be bliss, then let me sleep

And never wake up again.

我覺得這種詩便不適於用騷體，我用五言絕句譯成了中文。譯文是:

昨夜夢見君

握手笑語頻

慇懃留好夢

夢破何處尋

與君同入夢

相聚形與影

夢中無別離

一生不願醒

這樣自己覺得簡短乾淨。這似乎做什麼菜用什麼鍋，不知然否? 至於胡先生用騷體譯詩，當然是在他寫《嘗試集》以前。若用「嘗試」的詩體譯，不知該成什麼樣子了。

十五、語言的風格

語云，「一種話千種說法」，只是一個意思， 表現法，卻有多種，有時是因情況不同而說法不同，有時是因說話的人的文化教養程度與環境職業的不同，而其說法也不同。作文章固須講究，翻譯時何嘗不要講究？你說「他母親生日那天，客人很多。」若缺乏對文字的敏感，不知講究措辭而說成「他媽的生日那天，客人很多」，試問這國罵三字經用意何在？情形需要再莊重文雅時，還可以說成「壽誕之日，賀客盈門。」完全要看情形而定。

還有人物身分時代，也與語言的風格大有關係。我譯《武則天正傳》時，在諸大臣對白， 帝王與大臣商討國事時，則少用的嗎啊了呢呀等字，文句亦求鍛鍊， 並且嚴防現代新詞語的侵入筆下。比如 after two weeks, 便譯爲「半個月以後」不說「兩個星期」。把 view point 不譯爲「觀點」，而譯爲「看法」。其他如「立場」、「積極」、「消極」、「幽默」、「有著」，都誓死避免。至於「庭園完工」絕不寫爲「庭園被完工」，「他睜眼一看」絕不寫成「他睜開他的眼」，因爲我還沒見有人替別人睜眼的，但我寫英文時倒不敢寫成 He opened eyes, 而還要寫成 He opened his eyes。無他，各順其文字的本性而已。而今中國人學英文的寫出英文來，若有人批評說他的英文是 Chinese English, 寫此英文的人，不是羞愧便是不開心，因爲自己的英文不够純正自然。但中國人寫出的中文卻像英文，而有人批評此種文字是 English Chinese，不知寫此文字的人因想到不久就該鼻隆眼碧髮金黃全身徹底西化而欣然色喜呢？還是自愧中國語文修養不足而汗顏無地呢？當然若是歸來僑生或西人而學我漢語者，寫出此黃油氣味的中文，雖不爲美，亦不足爲大病，不忍深責也。

語言文字的風格是個大題目，在這篇小文字裏不會說得包羅無遺，借句白衣秀士王倫拒絕豹子頭林沖上山入夥的話，「盃盤之水，非蛟龍遊戲地也」。但近來我卻深深體會出風格變化的用處和我具體的應用。就記憶所及，在譯林語堂的作品時我曾有數處在文字上這樣斟酌過。第一是《武則天正傳》上寫武則天情人，如馮小寶輩的粗壯強大，但是這等文字寫在紙上非常刺目，若用初中學生慣用的那類口頭大白話，更不適宜，我記得當時我只用了四個文雅的字表達，就是「其勢雄偉」。

第二，在《京華煙雲》卷上第十六章八月十五姚家吃螃蟹的筵席上，木蘭，這個史湘雲般豪放性格的人物，她已然喝酒到陶陶然的程度。書上原文爲：

> She had a certain capacity of wine, but she was getting into the hilarious state of semi-intoxication, saying light, silly, and sometimes brilliant things. "The crab is a unique creature; the crab is a unique creature."

此處 The crab is a unique creature 本無特殊之處，但若譯爲「螃蟹是不平凡的東西」並未譯錯，但是總嫌不够味道。後來我心血來潮，靈感一閃，把握住書中當時情況和木蘭的教養與個性，改譯爲

「若夫螃蟹之爲物也，非常物可比。若夫螃蟹之爲物也，非常物可比。」因想到木蘭才女也，酒酣耳熱，詩興大發，出此文言，正合身分。因用文言，正好與前後的白話有區別，也正顯得她此時已不同於尋常。相信原文的精神氣味便會躍然紙上了。

第三，林語堂寫船過巫峽時，那段文字富有陰陽性愛的韻味:

One of these peaks, the Fairy Girl, had the shape of a nude female form and had become the most famous one of the twelve since a poet of the third century B. C. celebrated it in a passionate, imaginative poem. It was clear that up on the mountaintops where the heaven and the earth met in an eternal interplay of winds and clouds, the Yang and the Yin, or the male and the female, principles had achieved a union, and today the “rains and clouds of the Wu Mountain” remain a literary euphemism for sexual union.

其中後一半若譯爲「在山頂上天與地相遇見，風和雨起了不朽的相互作用，也就是陰和陽，或是男和女，已經獲得了聯合。今天『巫山雲雨』一詞仍然是性交的委曲語。」這樣與原意並無多大差別，但是翻譯固不僅是達意而已，文字要有文字的精神味道，其遣詞用字，其句法節奏，都是文章好壞之所繫。尤其「性交」一詞硬是無法上口。我體會出這段原文的味道後，多少用了點兒功夫，琢磨改動兩次，譯出如下:

「巫山十二峰中，神女峰狀如裸女。自從宋玉作神女賦以來，獨享盛名。此地，高在山巔，天與地互相接觸，風與雲交互鼓盪，陰陽雄雌之氣，得以會合凝聚。是以今日巫山雲雨一詞，還留爲男女交歡婉曲之稱。」

一得之愚，不知是否有當。

總之，天下萬物，各有其風格，老虎之不同於胡狼，蒼松之有殊於楊柳，固然是同爲四足之野獸，同爲有枝幹之樹木，精神面貌自有其不同處。朝廷正殿大字匾額，若用宋徽宗之瘦金書體寫出懸掛，國家難有漢唐之威。金屋蘭閨若飾以平原山谷之書，終使人乏尋芳探柳之興，然耶否耶？

文人於文字之斟酌，古今相同。六朝高僧鳩摩羅什譯佛經，譯出「天見人，人見天」兩句。自曰：「此語與西域義同，但在言過質。」僧叡曰：「將非『人天交接，兩得相見？』」鳩摩羅什喜曰：「實然。」

雕蟲固是小技，雕好還要費心思。

十六、朱譯莎劇自序

我國自西洋文化輸入以來，西洋文學大家全集之經漢譯者，當以《莎士比亞全集》爲首。譯者有二，一爲梁實秋先生，一爲朱生豪與虞爾昌兩先生合譯。梁先生，新文學運動中之新月作家，人皆知之，茲不多贅。惟朱生豪之爲莎劇名譯家，則鮮爲人知。

朱生豪，浙江人，抗戰期間國立之江大學國文系畢業。服務於上海世界書局，與葛傳椝等共編《英漢四用字典》，是時已精讀《莎士比亞全集》近十遍，且已著手漢譯《莎劇全集》。抗戰軍興，上海及華北陷於日寇鐵蹄之下，朱氏乃徙居滬郊，閉戶深居，翻譯莎劇，晝夜不輟。爲求語句通順，常赴戲院觀劇，注意對白之口胳，以資琢磨字句。翻譯之時，譯者反對逐字逐句對照式之硬譯，而是儘量保持原作之神韻。遇有句法與中文不合之處，往往再三咀嚼，不惜全部更易原文之結構，務使作者之命意，豁然呈露。又自擬爲舞臺之演員，審辨語調之是否順口，音節之是否調和。花費精力之巨，態度之嚴肅，眞欲令人跪拜不已。可惜白面書生，多愁善感，竟染結核痼疾。知病重，更勤加翻譯，而不自行珍攝，終致不起。一生心血，盡注於此書之翻譯。亡時年僅三十二歲。蒼天忌才，奪其生花之筆。病重時，親懇其之江英文系畢業同學虞爾昌代爲譯出其未及翻譯諸劇。虞先生不負所託。來臺後，傾數年之力，終將亡友未曾譯畢諸劇譯出。然文如其人，譯筆終無法一致，竟成人間一大憾事。

序文之與書至爲重要，讀書人無不知之，然書商每做大殺風景事，揮起李逵程咬金之利斧，亂予刪削，殊爲可恨。世界書局朱譯《莎士比亞全集》今已失去序言。今願借《中英文週刊》將此今日已不易見到之朱氏自序刊出，使關心翻譯之同好藉此略知前輩翻譯名家之風範，與翻譯理論之探討，諒亦不無裨益也。

朱生豪譯《莎士比亞戲劇全集》譯者自序

於世界文學史中，足以籠罩一世，凌越千古，卓然爲詞擅之宗匠，詩人之冠冕者，其唯希臘之荷馬，意大利之但丁，英之莎士比亞，德之歌德乎。此四子者，各於其不同之時代及環境中，發爲不朽之歌聲。然荷馬史詩中之英雄，旣與吾人之現實生活相去過遠；但丁之天堂地獄，復與近代思想諸多牴牾；歐德去吾人較近，彼實爲近代精神之卓越的代表。然以超脫時空限制一點而論，則莎士比亞之成就，實遠在三子之上。蓋莎翁筆下之人物，雖多爲古代之貴族階級，然彼所發掘者，實爲古今中外貴賤貧富人人所同具之人性，故雖經三百餘年以後，不僅其書爲全世界文學之士所躭讀，其劇本且在各國舞臺與銀幕上歷久搬演而弗衰，蓋由其作品中具有永久性與普遍性，始能深入人心如此耳。

中國讀者耳莎翁大名已久，文壇知名之士，亦嘗將其作品，譯出多種，然歷觀坊間各譯本，失之於粗疏草率者尚少，失之拘泥生硬者實繁有徒。拘泥字句之結果，不僅原作神味，蕩焉無存，甚切艱深晦澀，有若天書，令人不能卒讀，此則譯者之過，莎翁不能任其咎者也。

余篤嗜莎劇，嘗首尾究誦全集至十餘遍，於原作精神，自覺頗有會心。二十四年春，得前輩同事詹文滸先生之鼓勵，始著手爲翻譯全集之嘗試。越年戰事發生。歷年來辛苦搜集之莎集各種版本，及諸家注釋考證批評諸書，不下一二百册，悉數毀於礮火，倉卒中惟携出牛津版全集一册，及譯稿數本而已。厥後輾轉流徙，爲生活而奔波，更無暇晷，以續未竟之志。及三十一年春，目覩世變日亟，閉戶家居，擯絕外務，始得專心一志，致力譯事。雖貧窮疾病，交相煮迫，而埋首伏案，握管不輟。凡前後歷十年而全稿完成（按譯者撰此文時，原擬在半年後可以譯竟。詎意體力不支，厥功未就，而因病重輟筆）。夫以譯莎翁之艱巨，十年之功，不可云久，然畢生精力殆盡注於此矣。

余譯此書之宗旨，第一在求於最大範圍之內，保持原作之神韻；必不得已而求其次，以必以明白曉暢之字句，忠實傳達原文之意趣；而於逐字逐句對照式之硬譯，則未敢贊同，凡遇原文中與中國語法不合之處，往往再四咀嚼，不惜全部更易原文之結構，務使作者之命意豁然呈露，不爲晦澀之字句所掩蔽。每譯一段竟，必先自擬爲讀者，察閱譯文中有無曖昧不明之處。又必自擬爲舞臺上之演員，審辨語調之是否順口，音節之是否調和。一字一句之未愜，往往苦思累日。然筆力所限，未能盡符理想；鄉居僻陋，既無參考之書籍，又鮮質疑之師友，謬誤之處，自知不免。所望海內學人，惠予糾正，幸甚幸甚。

原文全集在編次方面，不甚愜當，玆特依據各劇性質，分為〈喜劇〉、〈悲劇〉、〈雜劇〉、〈史劇〉四輯，每輯各自成一系統。讀者循是以求，不難獲見莎翁作品之全貌。昔卡萊爾嘗云：「吾人寧失百印度，不願失一莎士比亞。」夫莎士比亞爲世界的詩人，固非一國所可獨佔，倘因此集之出版，使此大詩人之作品，得以普及中國讀者之間，則譯者之勞力，庶幾不爲虛擲矣。知我罪我，惟在讀者。

生豪書於三十三年四月

抗戰勝利，三十六年冬自渝返平，見朱譯《莎士比亞全集》，爲世界書局印行，價極昂貴。忍痛購之。讀《麥克佩斯》三女巫上場詩，驚於譯者才華之美，散文亦大都洗鍊。讀譯者自序及其妻對譯者之介紹，知譯者態度之嚴肅，畢生心血精神盡萃於斯。貧病交加，復勞神專注於譯事，病遂不起，年僅三十二歲。曷勝慘痛。五十八年秋，於文化學院識李伍中先生，承惠借朱譯第一版，得重覩原序。因抄錄之。山河變色，苟全海隅，重讀舊書如遇故人，不勝今昔之感云。

張振玉跋　五十八年十二月二十日夜

十七、〈禮運篇〉大同段之英譯

〈禮運大同篇〉爲中山先生社會理想之縮影，此篇文字我國讀書人大都可以背誦，猶如美國林肯之〈蓋茲堡講演詞〉之與美國學生一樣。十年前曾見《學生英文雜誌》刊載中文原文及英文譯文，據稱聯合國大會堂大理石上刻有中文原文，英文譯文料係附於原文之旁，以供不解中文之洋人閱讀者。第一次見此譯文係十餘年前舊事，不意最近復於《翻譯天地》月刊上又重覩此段英文譯文。經仔細閱讀，覺得譯文似有可商量之處。此譯文出諸何人手筆，不得而知。譯文如下:

(一)When the great principle prevails the world is a commonwealth in which rulers are selected according to their wisdom and ability. Mutual confidence is promoted and good neighborliness cultivated. Hence men do not regard as parents only their own parents, nor do they treat as children only their own children. Provision is secured for the aged till death, employment for the able-bodied, and the means of growing up for the young. Helpless widows and widowers, orphans and the *lonely*, as well as the sick and the disabled, are well cared for. Men have their respective occupations and women their homes. They do not like to see wealth lying idle, yet they do not keep it for their own gratification. They despise indolence, yet they do not use their energies for their own benefit. In this way selfish schemings are repressed, and robbers, thieves and other lawless men no longer exist, and there is no need for people to shut their outer doors. This is called the great harmony.

這篇譯文裏最成問題的就是原文「矜寡孤獨廢疾者皆有所養」一句中之「獨」字，竟譯成“the lonely”，試問 lonely 如何可算一種人而與矜寡孤等人並列？天下又有何等人不會感到lonely？感到 lonely 是一種情緒心理問題，不是具體的疾病可以治療的，我想大同世界的政府也負不了這個照顧的責任的。近來看到商務印書館曾約農先生英譯的《育樂兩篇補述》（一一三頁）眞是無獨有偶，the lonely 一詞竟也赫然在目。其譯文如下：

㈡When the highest ideal has realized, all good things are for all people. The virtuous and capable are chosen to rule, and mutual trust and good neighborly relations are cultivated and maintained. No one only loves one's own parents, nor cares only for one's own children. The aged are provided with facilities for retirement, the able-bodied with opportunities for service, and the very young with nurture and right upbringing. All helpless widowers, widows, orphans, *the lonely,* and the bodily disabled are provided with adequate means of subsistance. Every man will be assured of social honor and personal status, while every woman of a happy home. Wealth need not be privately owned and the fruits of one's labor need not be enjoyed only by oneself. There will be no cause for evil scheming, nor for the rise of predatory or subversive intentions.

等從林語堂先生的 *The Wisdom of Confucius*（二二七頁)看到這段譯文時，林先生竟將「獨」字略過，未予英譯。林氏英譯如下:

㈢When the great Tao prevailed, the world was a common state, rulers were elected according to their wisdom and ability and mutual confidence and peace prevailed. Therefore people not only regarded their own parents as parents and their own children as children. The old people were able to enjoy their old age, the young men were able to employ their talent, the juniors had the elders to look up to, and the helpless widows, orphans and cripples and deformed were well taken care of. The men had their respective occupations and the women had their homes. If the people didn't want to see goods lying about on the ground, they did not have to keep them for themselves, and if people had too much energy for work, they did not have to labor for their own profit. Therefore there was no cunning or intrigue and there were no bandits or burglars, and as a result, there was no need to shut one's outer gate (at night). This was the period of Tat'ung, or the Great Commonwealth.

林先生所以將「獨」字略而未譯，一定覺得做爲「孤獨」解太不適當，此種可能，容或有之。最近我從陳石孚先生的英譯《育樂兩篇補述》查到此段英譯文字時才發現他譯爲 the childless old people, 漢文含義當然是根據「老而無子曰獨」的解釋，如此文義才够允當。此一「獨」字若作「孤獨」解而譯爲 lonely，則忠孝仁愛信義和平八德豈不是把「和平」也可照字面而譯爲 peace 嗎？於是八德譯成 Loyalty, Filial Devotion, Benevolence, Love, Sincerity, Justice, Peace，細數之下，缺了一德，硬是湊不够八個，若把 Peace 改爲 Harmony and Equity，自然就够了。陳石孚先生英譯如下：

(四)When the great Way reign supreme, everything under heaven will be for public good. The wise and the capable will be elected to office and mutual faith and neighborly relations will be cultivated. People will look after not only their own parents and children. But they will also make it possible for the old to die in peace, for the able-bodied to be useful, for the little ones to be nurtured, for widowers, widows, orphans, childless old people, the physically handicapped and the sick to be properly taken care of and for young men and women to be happily married. Wealth need not be privately owned for fear of being wasted, and the fruits of one's labor need not be enjoyed by oneself. There would be no need for conspiracies and uderhanded dealings, nor for robberies, thefts, civil commotions and usurpations.

第五篇爲鄭天錫譯，「獨」譯爲「貧窮」，亦非原義。

㈤When the Great Principle prevails, the world is like one home common to all; men of virtue and merit are to be elected as rulers; sincerity and amity pervade all dealings between man and man; people shall love not only their own parents and own children, but also those of others; the aged, the young, the helpless widows and widowers, the orphans, the destitute, the incapacitated, and the sick shall be well provided for and well looked after, while the able-bodied shall exert themselves in their aid; men shall be appropriately employed and women suitably married; one detests that things are abandoned or wasted on earth, but, when gathered or stored up, they are not to be retained exclusively for oneself; one detests that exertion does not proceed from oneself, but its fruits are not to be regarded exclusively as one's own. Thus, there will be no, and no cause for, conspiracy, robbery, theft, or rebellion, and no need to bolt one's outside door. This is a True Commonwealth.

以上五篇譯文中「男有分」，林及聯合國譯文譯成「有職業」之意，陳譯爲「婚配」，曾譯爲「有地位身分」之意。五篇譯文最大之不同爲林語堂譯爲過去時式，表示大同世界已出現於古代，其餘四譯文則指將來，兩種不同，似乎各有道理，不知讀者如何看法。只見一種原文，其中某些文句，容或因譯者不同而看法各異，而譯文亦因之不同。近來看此五篇英譯，覺得頗有可玩味處，故錄出以供同道鑑賞研究，或不無用處。惟借 James Legge 英譯的《禮記》手下無書，不然可多引一老前輩的譯文，現在只好獨付闕如了。

十八、譯文先求通

胡適之先生在〈佛教的翻譯文學〉一文裏，引用《高僧傳》中有關鳩摩羅什譯經的一件事。僧法護譯法華經，其中有兩句譯成了「天見人，人見天。」鳩摩羅什見此，他說：「此語與西域義同，但在言過質。」就是說譯文與原文雖然意思脗合，但說法不自然。這時僧叡說：「改成『人天交接，兩得相見』如何？」鳩摩羅什大喜，說：「對！對！」

胡適之先生的評語是：

> 「這裏可以看出羅什反對直譯。法護直譯的一句雖然不錯，但說話確是太質了，讀了叫人感覺生硬得很，叫人感覺這是句外國話。僧叡改本便是把這句話改成中國話了。……羅什的譯本所以能流傳千五百年，成爲此土的『名著』，也正是因爲他不但能譯得不錯，並且能譯成中國話。」

胡適之先生最後兩句十分重要，在外文中譯上是應當遵從，應當銘諸座右的。就是，第一，要譯得不錯，這就是信；第二，要譯成中國話，就是要合乎中文的表現法，「歐化譯文」就不合乎中文表現法。在三十年代若干譯者由於自己的文筆拙劣，再兼有弱小民族自卑的心理之下，他們的譯文有意或無意之中形成了「歐化」句法。這個可耻的病態文體與寫此文體的內在可耻的心理，應當隨著西洋殖民地主義時代的消滅也同歸於消滅了才是。《翻譯天地》月刊幾次翻譯人座談會上，黃文範、周增祥諸位先生都呼籲「我們的譯文要多像中文」，希望這種呼聲發揮震聾啟聵的作用。五四的愛國精神應當繼續發揮，但五四時代的崇洋自卑心理應當根本剷除了。中國的語言文字要變也是自然演變，不是在洋文汚染之下而展露畸形的改變。若說洋文裏有些表現法中文表達不出來，那正如中文裏有些表現法，洋文也表達不出來。因爲中外兩種文字根本是兩種，兩種便不是一種；不是一種便不相同，旣不相同，就有其不相同之處，表達意思上自也有了不同，如何能期望表達得完全相同？林語堂先生在《無所不談集》中有一篇〈國語的將來〉，其中有幾句話：

「有的留學生英文好，自己中文不好，看見英文有的語句，而中文裏彷彿沒有，就說我們中文不行。英文固然好，但中文也有很好的句子，如『虧得你』，『虧得他』，這『虧得』就無法翻譯。又比方說『難道我不知道麼？』這個『難道』就非常好，是純粹的白話。」

這一段文字正指出若干淺人的錯誤心理，亟須糾正。

又在《翻譯天地》第十六期，有〈胡子丹訪林太乙談翻譯〉一文。林太乙女士談到《讀者文摘》取稿時在文字上的標準，她說：

「至於取捨標準，如果僅就翻譯方面來說，那就是除了中文翻譯基本條件例如『信達雅』，最重要的就是中文必須是簡鍊，流暢的白話文，洋化的倒裝句，或是囉哩囉嗦的纏腳布，都不是我們所喜歡的，相信讀者也不喜歡。」

林太乙女士討厭洋化的中文，而堅持要簡鍊流暢的中文，這一點也符合乃父語堂先生對文字的看法。

談到語文的簡鍊流暢，我想引用一段林文月女士談翻譯日文古典名著《源氏物語》時的一段話：

> 「我在大部分白話文中摻入了淺顯的文言，如在景物的描寫，我以爲不著痕跡的摻入，做到文白交融，而不是文白夾雜，在感覺上雖是白話文，卻仍有文言的古雅。」（《翻譯天地》十五期）

我想「文白交融」正是中文發展的一條陽關大道，也正是繼承中華文化傳統在語文方面應當的做法。在這方面，邱言曦先生的成就是高不可攀的。不過要做到「文白交融」而非「文白夾雜」，卻需要在文言詩文中紮下根基，有純熟的口語底子，再有生就在語文上幾分敏感，這不是人人做得到的。世界上哪一國對文字精通的也是少數人。

譯文的不通，除去譯者中文欠通之外，洋文方面也必是造詣不深，造詣不深，才爲洋文字面形式變化所約束，見其形而不見其義，見衣冠而不見精神。若中洋兩種文字俱差，其譯文不拙劣與錯誤兼而有之者，是無天理。尤其在今日翻譯童工制盛行之下，若東坡再世，不日日勤書「高山滾鼓」做爲今日出版界諸鉅著之題詞，吾不信也。

十九、《雅舍小品》的英譯

《雅舍小品》是梁實秋先生的一本散文集，包含三十四篇小品，是抗戰期間梁先生在大後方及勝利後返回北平一段日子內所寫的。梁先生以莎士比亞翻譯家爲國人所知。其實他最大的成就，就我個人的看法，還算是他的小品文。我常說，倘若讓我從中國最近半世紀裏選出五位小品文作家，梁先生是必佔一席之位的。他的風格是輕鬆風趣，紆徐清淡，文筆靈活平易，而又豐腴有味。輕鬆風趣並不太難，同時能豐腴有味就很難了。只能輕鬆風趣，往往趨於下流無味，成了「京油子」的「耍嘴皮子」。猶如在光面紙上寫墨筆字，必致落得空滑浮淺。梁先生的小品文絕無此弊。這是不易及的地方。

他這三十四篇小品文，在民國四十二年由時昭瀛先生譯成了英文，以英漢對照式由遠東圖書公司出版。可惜沒做照開明書店林語堂先生的英譯《浮生六記》與原文的對照排版方式。《浮生六記》英文與原文是同段左右對照的，而《雅舍小品》是把英文與原文前後整篇排版裝訂的，實在太不易對照，可以說是太落伍的排版方式。不過，這且不言，《雅舍小品》的中文、英文並未因之減色，仍然不失爲可愛的文字。

梁先生的散文在讀者讀來雖然文字極有味道，動筆英譯的人可有苦頭吃了。譯者說當初輕易答應英譯，沒料到每頁都是困難叢生 (When I lightly took on the assignment of translating this collection of essays, little did I anticipate the difficulties that would beset me on every page.)。但譯者的英文修養畢竟不俗，總算克服了那些困難，譯成一本很可愛的英文小品，富有英文小品氣息的英文小品。

今姑且引用〈雅舍〉那一篇的第三段看看:

「雅舍共是六間，我居其二。篦牆不固，門窗不嚴，故我與鄰人彼此均可互通聲息。隣人轟飲作樂，咿唔詩章，喁喁細語，以及鼾聲，噴嚏聲，吮湯聲，撕紙聲，脫皮鞋聲，均隨時由門窗戶壁的隙處蕩漾而來，破我沉寂。入夜則鼠子瞰燈，才一合眼，鼠子便自由行動，或搬核桃在地板上順坡而下，或吸燈油而推翻燭臺，或攀援而上帳頂，或在門框棹脚上磨牙，使得人不得安枕……。」

英譯:

Of the six rooms in the cottage, I occupy only two. The bamboo slats and motar having a way of disliking each other's company, and door and window frames being innocent of doors and windows, communication between my part of the cottage and those of my fellow tenants flows unimpeded. Whether my neighbor is celebrating uproariously, reading aloud some favourite stanza, or whispering love's yearning, not to mention snoring, sneezing, musically lapping up his soup, angrily tearing up some bill or throwing away his shoes. . . all these sounds ripple through the door or window spaces to break the monotony of my solitary peace. At night, one is kept awake by hearing the rat drinking the vegetable oil in one's lamp, upsetting the lamp when it tries to drain it of its last drop, rolling a walnut along the tilting floor, climbing up the side of the mosquito net, or just whetting and grinding its teeth against a door jamb or a table leg.

再一段寫蚊子:

「比鼠子更騷擾的是蚊子；雅舍的蚊風之盛，是我前所未見的。『聚蚊成雷』，眞有其事！每當黃昏時候，滿屋裏磕頭碰腦的全是蚊子，又黑又大，骨骼都像是硬的，在別處蚊子早已肅清的時候，在雅舍則格外猖獗，來客偶不留心，則兩腿傷處累累隆起如玉蜀黍，但是我仍安之。冬天一到，蚊子自然絕跡，明年夏天——誰知道我還是住在雅舍！」

英譯:

And mosquitoes wreck greater havoc than the rats. I don't know of any threat as great from mosquitoes elsewhere. I now find the old saying "mosquitoes in swarms fly thunderously" to be literally true. Of an evening, the room is just full of flying mosquitoes, without anyone to regulate the traffic. These are black in color, gargantuan in size, and steely in frame. While mosquitoes have closed their season in other quarters, they seem to be especially active in my cottage. Visitors who were slightly careless of their ferocity have been known to nurse injured legs whereon mounds of bites have appeared. I take all this in my stride. For I know with some assurance that, if winter comes, can the departure of mosquitoes be far behind? As for next summer, who am I to be given to know whether or not I shall stay on in this same cottage?

原文輕鬆自然，確是可愛。梁先生英文的功夫很深，但是他的中文小品卻沒受英文的汚染而呈現出「歐化的」文字，他的文字裏沒有今日洋奴文體中的「被」、「地」、「們」、「假若」、「當……時候」、「它們」、「著」、「些」、「底」等洋奴標籤。這難道是因爲他英文的功力淺薄的緣故嗎？據我所知，凡是兩種中外文字修養深厚的人，他的中外文字都不互相汚染。林語堂也正是其一。

翻譯總難免有所損失。上文中「蚊風之盛」，「蚊風」與「文風」同音，在中文內另有味道，譯入英文便不可復見。中文「多天一到，蚊子自然絕跡」一語，並無特別味道，英譯卻套用雪萊〈西風頌〉中最後一句：If winter comes, can spring be far behind? 在英文中就增添了另一種風味。這也往往是譯文不同於原文，也有時是勝於原文的地方。一般人大都以爲譯文總是比原文遜色，其實不然。不過譯者的筆力與文才得够好才行。《雅舍小品》的原作者與譯文都能涉手成趣，足見兩人文筆的造詣是在伯仲之間的。

二十、翻譯與臨摹

中國書家之聖當推王羲之，王羲之書法之神品當推蘭亭一帖，自蘭亭眞跡殉葬昭陵，此一藝術瑰寶遂消失於天地之間，世人但聞此一寶帖之名氣而再無從目睹其眞面貌。若求見其彷彿，捨名家臨摹本外，已別無他途可尋矣。

當年太宗自羲之七世孫僧智永之弟子辯才手中獲得蘭亭眞跡後，曾命書家名臣褚遂良、虞世南、歐陽詢、馮承素各臨一份，此四臨本遂流傳於後世。然臨摹本畢竟是臨摹本，雖然褚虞歐馮俱爲唐代大書法家，其臨摹本之近似原帖處亦不過若干分而已。而數家臨摹雖與原本有其差異，各臨摹本間亦互有其差異。識者謂唐四家之臨蘭亭者虞世南得其風貌，馮承素得其姿媚，褚遂良得其神髓，歐陽詢得其丰采。此四家之書法本身自有其可取處，但臨本究竟非羲之本色，雖臨摹蘭亭而有近似處，終竟未能包舉原帖之美妙而重現於臨摹者筆鋒之下。書家僅以筆墨點畫相摹擬者尚以近似爲難，何況以兩種不同之文字相互翻譯乎？

書法之外，尙有繪畫之臨摹、歌唱之臨摹、演劇身段之臨摹，舉凡此等藝術之摹擬，能得幾分相似，已非功力平平者可致，若求酷似原狀，逼肖精髓，眞是戛戛乎其難哉！無怪乎義大利唯心派哲學大師柯羅齊在他的《美學原理》一書裏說：翻譯只是與原文有幾分相像的東西。這話不錯，摹本與原本總是有幾分相像。但是我們還要追問兩句：在哪方面相像？又在哪方面不相像？

以臨帖論，字有若干筆畫，在各筆畫之長短、粗細、斜度、距離等方面，極易與原作相像。以翻譯文學作品論，故事之情節，人物之多少，時間之寒暑早晚，地點所在之名稱，人物之生死離合，遭遇之順逆窮通，譯本必與原本無異。此皆粗淺單純有形象可把握者也。故看小說戲劇而置重點於情節演變者，讀譯本與讀原文了無差異。讀帖而置重點於文章者，歐陽詢之九成宮與淸末黃自元臨摹之九成宮，亦無何不同。但眞懂書法之美者，面對名帖，細微之鑑賞，則在點畫撇捺之間，在剛柔雄秀之狀；全字之鑑賞，則在一字整體之結構，斜正方圓之體勢；全帖之鑑賞則在章法之變化，氣勢丰神之律動；全幅無損，固極可貴，殘碑斷簡，亦足珍惜。而名著之欣賞，飽餐全鼎，固足以朵頤大快，略嘗一臠，亦可回味無窮，卽便一句半行，散段零章，亦足以品玩沉醉，其選詞之工，造句之巧，音韻之美，節奏之妙，在在足以見創作者之匠心獨運，處處可以獲知音者之擊節讚賞。故事之安排組織，情節之發展演變，特作品魔力之一斑，固非傑作之全貌也。

然而臨帖者不難於外形之相似，而苦於筆力神氣之不及；而翻譯者不難於故事情節之敍述，而難於文字精美之移植。故善譯者必在譯文方面有琢磨文字之修養，雖不必具有組織情節之本領，卻須有修詞造句洞察原文意蘊之工力，才不致誤會原意，自己的文筆才能配合得上原文的文字技巧。庶幾乎對原作能做到多接近幾步，多類似幾分。

翻譯的東西要儘量像原作，就等於唐代褚虞歐馮臨摹王羲之的蘭亭序，誰臨摹得更像王羲之的蘭亭序，誰臨摩的便算最成功。但是人畢竟不是照相機。俗語說，泥土還有泥土的氣息，人總有他自己的個性，臨摹者也有他自己的個性，當然他的能力也不容易和原作者恰好相等，怎麼能期待他的臨摹品能和原來的創作品十分相似呢？再者，我們姑且把過於嚴肅正經的面具摘下一會兒，往稍微離經叛道的方向想一想。人是有神性的（如果你信神或什麼大聖大賢之道的話，你會同意的），但也有幾分魔性。小孩子固然會淘氣，岸然道貌的清教徒獨自關在浴室裏，不是也會在臉上抹上幾道牙膏，做個鬼臉兒，自己露牙咧嘴而笑嗎？所以一個臨摹王羲之的書家，也許會故意的放縱一下，故意流露一下自己的得意之筆。而翻譯名著的人，未必願意永遠讓原作者牽著自己的鼻子走——一二三四，亦步亦趨，一二三四，亦步亦趨！他有時也難免會小小淘氣一下，任性一點兒，筆下會玩個小花樣。但是很少有臨摹者會天眞到自己這樣承認。所以你若挑他們的毛病，說與原作有不甚相符處，他們會偸偸兒微笑，心裏說：「我自己早就知道。」

拿杜甫的〈石壕吏〉的第一句「暮投石壕村」來說吧。我們比較下列四個譯句：

1) I sought a lodging for the night, at sunset, in the Stone Moat Village.

——by Amy Lowell

2) At sunset in the village of Shih-hao I sought for shelter.

——by Cranmer-byng

3) There, where at eve I sought a bed.

——by H. A. Giles

4) The twilight gloomed. At Shih-hao I stayed.

——by W. J. B. Fletcher

以上四個譯句中，第四個譯者竟把原文中一個「暮」字譯成一個整句，相當於中文的「暮色四合」。這當然是譯者任性，但譯法也不能算壞。但若以原文大意爲主，而由自己跑野馬，而予以改寫，其成品亦或有佳作。若以嚴格之譯品論，似乎淘氣過甚，任性過甚。Budd 所譯〈木蘭辭〉之開端，最能代表此等譯法。

朝辭耶孃去，暮宿黃河邊，
不聞耶孃喚女聲，但聞黃河流水鳴濺濺。
旦辭黃河去，暮宿黑水頭，
不聞耶孃喚女聲，但聞燕山胡騎鳴啾啾。

寥寥八句，而 Budd 氏於其 *Chinese Poems* 中竟譯爲二十四行：

And then before the sun began his journey steep
She kissed her parents in their troubled sleep,
Caressing them with fingers soft and light,
She quietly passed from their conscious sight,
And mounting horse she with her comrades rode
Into the night to meet what fate forebode;
And as her secret not a comrade knew,
Her fears soon vanished as the morning dew,
That day they galloped westward fast and far,
Nor paused until they saw the evening star,
Then by the Yellow River's rushing flood,
They stopped to rest and cool their fevered blood.
The turbid stream swept on the swirl and foam,
Dispelling Muh-Lan's dreams of friends and home;

Muh-Lan! Muh-Lan! she heard her mother cry——
The waters roared and thundered in reply!
Muh-Lan! Muh-Lan! she heard her father sigh——
The river surged in angry billows by!
The second night they reach the River Black,
And on the range which feeds it, bivouac;
Muh-Lan! Muh-Lan! she hears her father pray——
While on the ridge the Tartars' horses neigh;
Muh-Lan! Muh-Lan! her mother's lips let fall!
The Tartars' camp sends forth a bugle call!

設若不讀原詩，只看譯文，誠是好詩。若依翻譯性質論，則已非翻譯文字。以 And then before the sun began his journey steep 一行僅譯一「朝」字。吻別父母本西俗，不期木蘭女子於千餘年前便已「歐化」。復以 Nor paused until they saw the evening star 一行譯一「暮」字。既細寫其辭別情狀，復敍及其途中心情。女兒喬裝，惟恐人知，人既不疑，芳心乃定。暮宿河邊，遠離鄉里，思念爹娘，已不聞爹娘呼喚。譯者乃故予翻案，謂骨肉情深，乃頻聞爹娘呼喚，是更進一層描寫。既演文內之情，復添文外之意，以本身論，自成佳什，其奈非翻譯之正體何!

其實這種放開手的譯法在上等文學譯品中絕對不少。如英國一六一一年聖經的欽定本，英國詩人蒲普的英譯《依利亞德》（精確不足，於詩則爲傑作），吳經熊先生之《聖詠譯義初稿》皆是。這些譯者，都是個性強，才氣高，富浪漫性。蘇東坡才氣超邁千古，詩文書畫詞無一不精。人或謂他的詞不諧音律。晁補之則說：「東坡居士詞人謂多不諧音律。然橫放傑出，自是曲子中縛不住者。」其實若干美好的譯品，比照原作，未必特別精確，但其本身自具獨特之美，譯者才華也是原作字面涵義所「縛不住者」。近數十年來，我國論翻譯者多求一個「信」字，尤其是字句表面上形式上的「信」字，弄得文句「歐化」，不可卒讀，一本譯品，不是面黃肌瘦蒼白無血色，便是猙獰恐怖似僵屍。動物皆有父母。譯品也有父母。其父母爲何？原作者與譯者是也。所以譯品是原作者與譯者共同生下的子女。父母二人若有一個人是醜八怪，做子女的也受到牽累。讀譯品的人不要以爲自己在讀一本世界傑作，除非你的譯者在譯文上也有第一流的文筆。

二十一、譯人三要

平時與朋友談到翻譯，常有人問到要做翻譯工作，必須有什麼必要條件。這個問題，別人自有別人的回答，若要我找出答案，我的答案是譯識、譯筆、譯品。可名之爲譯人三要。

首談譯識。語言文字本是表達思想情感的，日常生活上的基本思想情感，多粗淺而明顯，人人得以了解，人人會用大致相似的語言文字表達，日常會話的內容與語言都屬於此種。但是這種基本而粗淺的思想情感與用以表達的語言文字之外，隨著民族文化愈進展，隨著個人的思想情感及表達此思想情感的語言文字愈精深複雜，則了解愈難，而用另一種文字表達也愈爲不易。爲什麼《易經》難了解？爲什麼《老子》難了解？爲什麼好多佛經難了解？爲什麼柏拉圖的《理想國》及其論愛情、論法律、論靈魂的作品難了解？論形式也都是集字而成句，集句而成段，集段而成篇，字是字典裏的字，句法也是文字慣用的結構，其難懂之處何在呢？結果，不是單字難，也不是句法難，而是意思難。如何才能把握住意思，如何才知道作者的本意，這就需要讀者的才識，也需要譯者的才識。才識也可以說是理解力。字不會，可以查字典，文句複雜，可以分析文法，學一種文字的人沒有不會查字典沒有不會分析文法的，最後在不能把握原文的含義的關口前卻跌倒了。不錯，《老子》、《易經》、佛經、柏拉圖等專門經典固非專下工夫的內行人不易了解，即便普通人日常談話裏不是也妙言雋語，一時教聽者不易把握的嗎?

不要空談理論，令人昏昏欲睡。且拿「生於憂患，死於安樂」一語爲例來說。這句話，孩子一定不懂，必須講解之後，才能恍然大悟。不懂而求懂，求懂的結果，可能是誤解，可能一知半解，也可能完全了解。比如說，可能解作「活著也是受罪，死了倒還安樂」，或作「人若生在憂患之中，死時才能安樂」，或作「發展興盛自憂患境遇中來，死亡破滅因安樂生活而起」，當然是第三個解釋才對。這句話可以英譯爲 Life springs from sorrow and adversity, and death lurks in ease and pleasure. 對原文之了解無誤，必須見識高，始能得其正解。此一正解或不違背邏輯，或順乎情理，或合乎習慣，或符合上下文意，或符合某一派學說，讀者與譯者必須銳鑑明察，折衷至當，力求穩妥，庶乎得其眞意。了解無誤，誠然是一大不易事，初學者遭遇此等困難固多；經驗豐富，學識淵博之老手，亦時爲此等苦惱所困。若謂此係一智力問題，或無不可。

次談譯筆。

說到譯筆，眞令人立刻想到寫毛筆字的筆，有寫肥厚字體的羊毫筆，有寫硬峭體的狼（黃鼬）毫筆。有寫肥瘦適中的七紫三羊毫與五紫五羊毫，有寫蠅頭小楷的小字筆，有寫中楷的寸楷羊毫，還有寫大楷的大字筆，又有長鋒短鋒等等的差別。這些不同的筆是爲了寫出不同字體而製，但是試問，爲翻譯出不同的文章風格，製筆專家，戴月軒也罷，李鼎和也罷，賀蓮青也罷，哪家爲我們製造出多少不同的筆呢？答案是，我們譯者手裏只有一管筆，這管筆就應當既能譯出陽剛如《水滸傳》的文字，也能譯出陰柔如《紅樓》、《西廂》的文字；就應當既能譯出廟堂館閣上典雅富麗的文字，也應當能譯出如販夫走卒村婦罵街般粗鄙俚俗的文字；譯出的文字有時要能發出黃鐘大呂之聲，有時要能發出淸商激越之響，有時要有柔情蜜意兒女情長甜膩膩的氣息，有時要有「劃然變軒昂，勇士赴戰場」鋼鐵漢子的硬梆梆的氣勢。所以譯者手裏的一隻譯筆，要能應付千般用場，萬般情況。荷馬的《依利亞德》的譯文便當用狼毫筆取其硬，他的《奧德賽》的譯文便當用羊毫筆取其柔。司哥德的《撒克遜刼後英雄傳》以剛見長，珍奧斯婷的《傲慢與偏見》以柔取勝。譯者的一管筆，要隨時變化以因應不同的情況。一種情況，一種格調，欲求表現得傳神已不容易，多樣性的需要，如何應付得好？但譯者的文字生涯偏偏要求他能寫眞草隸篆，要他能寫顏柳歐趙，要能唱生旦淨末丑，要能演京派與海派，他這一隻譯筆眞要變做十八般武器用呢。

第三，談譯品。所謂譯品，是指翻譯人之品格。天下三百六十行，皆有其行規，皆有其品德。此處之所謂品德，係指其對本行業務之嚴肅態度，並不指與此不相干之其他方面的品德。隋朝高僧彥宗，曾著《辯正論》，專論翻譯，曾揭譯者「八備」之說，以告誡譯者。其中四項皆與譯者之人格品德有關，其四項爲：

誠心愛法，志願益人，不憚久時，其備一也。

將踐覺場，先牢戒足，不染譏惡，其備二也。

襟抱平恕，器量虛融，不好專執，其備三也。

沈於道術，澹於名利，不欲高衒，其備四也。

四項中摘其要點，第一爲不憚久時，第二爲不好專執，第三爲不欲高衒。不憚久時當爲創作一切藝術之重要條件，在翻譯何獨不然？（但今日爲報刊及通訊社搶譯之翻譯，當爲例外。）但此處之不憚久時，並非指一懶二賴三慢拖，而是指嚴肅認眞琢磨求好因而需時甚久之謂。嚴復譯《天演論》時之「一名之立，旬月踟躕」是也。第二爲不好專執。翻譯之時，個人之見解未必永遠精當，有時勢須與別人研究討論。一九六一年劍橋牛津版英國耶經新約之集體翻譯時，若干譯者分章翻譯，一人之譯文，必須委員會大多數人通過。長於經義者未必長於文字，故據經義譯出之譯文，必須經文學組潤色，但經潤色之文句必須再得原譯者之首肯，始能成爲定稿。若一味專執自滿，必不能參與此集體之翻譯工作。因此可見器量偏狹剛愎自用，處世接物固爲短處，即移而從事於翻譯，亦非美德。

一般譯者修養不足時，多表現於對原作難解文句之暗予删略。删略後，文意不相屬時，又自己胡謅數句而連貫之。此等行徑，皆愧對一「誠」字。態度有失嚴肅之另一表現，在於粗心敷衍，應付交差。在詞句難解處，即無耐心查考詢問，潛心思考，對譯文生硬古怪囉嗦難解處，亦無耐心琢磨潤飾以求其通順妥當。此等一副馬馬虎虎不負責任不求精確之態度，作文章，做翻譯固然是邋遢錯誤，開汽車也會誤做耕耘機而開下稻田去，駕飛機也要鑽入自家房頂上的烟囱裏。彥宗所論「不欲高衒」，意指勿使才華氾濫，不知割愛，但求多采多姿，亦是一短處。

譯識與譯筆屬於才的範疇，譯品屬於德的範疇。有德無才固不足以成事，有才無德也必致畫虎類犬。吾執此以論人論世，亦執此以論翻譯。

二十二、翻譯與字典

翻譯人一定要用字典，用字典查出字義。但字若有數義，必選一個適當的採用。但憑什麼決定去取呢？字典不會向人發一個會心的微笑，點頭招呼曰：「用我。」於是陳香梅女士的 *A Thousand Springs* 到底該譯做「一千個春天」，還是仿照王維的「山中一夜雨，樹頂千重泉」而譯成「一千個泉」呢？那只有把全書看看再定。再如我譯《蘇東坡傳》時，書上有兩處出現 spring water，到底是「春水」呢？還是「泉水」呢？我一看出家人鍛鍊養氣，最好喝 spring water，那我想應當是「泉水」。又一處說釀酒也要用spring water，我想更是「泉水」。於是「春水」一詞雖美，也只好割愛了。此是其小焉者。

再有，查字典不只是查字義，而是查一詞之義。因爲構成一個詞的數個字，那幾個單字雖然各自的含義我們都懂，但構成一詞之後，產生了完全不同的新義。林語堂曾舉出 parson's nose，照字面說是「牧師的鼻子」，而其實是宴席上燉鷄或烤鴨的屁戶；street Arab，不是街上的阿拉伯人，而是北平人所說的「野孩子」；young rascal 不是年輕的流氓，而是呼喚小孩子時所說的「小鬼」。在英文固然如此，在中文又何嘗不然。比如「良人」並非是「好人」，「佳人」也不是「好人」；「佳人」固然需要「良人」，「良人」自己一個人也不是「良人」了。而且「佳人」、「良人」主要還有男女之分呢。若洋人只認得「佳」、「良」、「人」三個單字，便照字面翻譯，大家都成了「大好人」了。再如「老者」絕不是「老女人」，而是「老男人」，且含有敬意。其實一本大而好的字典上，單字之外，都有豐富的詞，大可利用，不要以知道單字爲滿足便好了。其實到此還不算利用好字典到了極點，還應當再進一步查例句。如 handsome 一字並不難，但是一旦在書上遇到句子如 Handsome is that handsome does, 自然不易懂，這時須趕緊查字典上的 handsome，而且在例句裏找。運氣不錯，果然找到此一例句，其含義原來是「美貌在於善行」，或「唯善爲美」。

這麼一看，字典之爲用也，大矣哉！這話似乎不錯。因爲當年胡適之先生在《現代評論》刊物上，指出一個當時的作家王統照譯錯了句子。並且作了一首歌，勸人要肯花錢買字典，免得翻譯犯錯兒。那首歌是：

「少花幾個錢，
多買兩畝田，千萬買部好字典！
牠跟你到天邊；
只要是你常常請教牠，
包管你可以少丟幾次臉！」

因爲王統照在譯一篇文章時，遇到了一句「Thy cards forsooth can never lie」，王譯成「你的邀請單可證明永無止息時。」這分明是把 cards 與 lie 譯錯了。當然，這句譯文除去兩個字譯錯之外，句子也很惡劣。但從字典上 card 與 lie 的個別字義看，並不算錯。這時要體會全句的意思，甚至全段的意思，去摸索把握此一句的意思。於是不難想出 cards 是「牌」，lie 是「謊」，是「說謊」、「騙人」。這樣，離原文的含義便相去不遠了。這時，要再進一步看此一句的上下文，以決定譯成什麼樣子才合適。

林語堂先生認爲抱著字典死譯最危險。他說：「譯者於英文尙無深長的研究經驗，於字之用法尙未熟識，而徒據字典上之定義以解字，然後由此零碎字義以解句……我們就不能不極力注重譯者高深之英文造就，爲譯者之必要條件，而對於此種『抱字典譯書』的方法大加懷疑。」他還作了一首詩忠告從事翻譯的人。那詩如下：

落日樓頭，
斷鴻聲裏，
近代文豪，
把文法看了，
字書檢遍，
終難會，
原文意。
想花兩塊錢，
想買兩畝田，
眞正買了一部大字典！
可是問題不是這麼簡單，
牛頭難對馬嘴，
字義每每雙關；
lie 爲「說謊」，也是「睡眠」，
cards 爲「紙牌」，也是「名片」。
——這豈不太教文豪爲難？
這卻要怎麼辦？
這卻要怎麼辦？
小弟二言奉勸：

一日不翻，

二日不刊。

切切不可聽胡適之的話，

須知名譽要緊；

千萬珍重，珍重千萬！

他這首詩裏說「文法看了，字書檢遍，終難會原文意」。這是翻譯上很大的困難，譯者便需要高度的理解力、聯想力，不要以爲字典是萬靈丹，到底還有不靈之處。所以翻譯一事，畢竟還不是「英文匠」的長處。

二十三、「迷你」,「黃色」,「驕傲」,「智慧犯罪」,「版本」

我是不相信「存在卽合理」(Existence justifies itself) 這句話。這句類似諺語的話，也許合乎自然之理，但是卻爲人類的幸福進步所不容。若干可怕的疾病自有其成因，除非一心想望痛苦渴望死亡，否則無人歡迎那些疾病的光臨。這幾句話裏提到了人類、自然、幸福、進步、疾病，飄展的旗號滿大，其實只是做咬文嚼字兒的開端。這不是「以小喻大」，乃是「以大喻小」，因爲「迷你」、「黃色」、「驕傲」當然只是現代我們這個社會之中語言上的小毛病。不過旣是病，就值得一提吧?

先說「迷你」。「迷你」一詞最初是與一個「裙」字結合起來出現的。「迷你裙」的英文是 miniskirt, mini 本是 miniature (小型) 的字頭，女人裙又小又短，若說「短裙」應當正是 miniskirt 的本義。但是這個字在我們弄英文的鄙同行漢譯之時，本打算照慣例將這個字的含義譯出而成「短裙」，但是不由一時想入非非，想到短短短短的裙，於是心亂神迷，不知不覺把一個字頭寫成了「迷你」，於是由正常譯義竟成了譯音。這個譯音竟爾流行了，一般人都知道了這名稱，連梁實秋的英文字典上也採用了這個譯名。大家所以採用，因爲大家歡迎。不信你看隆乳豐臀亭亭玉立的少女穿上「迷你裙」在街上走，擔保人人側目(側目就是眼斜)，穿者得意，看者入迷，譯者成功。若想把十九世紀世界十大偉人之一性心理學派哲學家佛羅伊德駁倒，恐怕是猶如拔山塡海了。miniskirt 一個字前半譯音，後半譯義，跟 Cambridge 前半譯音爲「劍」，後半譯爲「橋」而成「劍橋」，可謂先後輝映。

近年來另一個中國語言裏前所未有的詞是「黃」。此一新詞指的大概是「色情的」，正和以前中國話中的「粉」和「桃色」相似。記得小時看戲聽說書如「寶蟾送酒」、「紅娘」，便聽到長輩姑姑姐姐嫂嫂等說「那書太粉」，「那戲太粉」，或說什麼「桃色新聞」。眞是十年河東，十年河西，萬物都在變，「黃色」一詞竟取「粉色」、「桃色」而代之了。但是「黃色」一詞的出身如何？據《英文簡明牛津字典》yellow 一字下，與上述相關的含義並不多，只有 (of looks, mood, feelings, etc.) jealous, envious, suspicius; (colloq) cowardly, 只是當「妒忌」、「猜疑」、「怯懦」解。美國《韋氏新世界字典》登錄與上述含義有關的只有：jealous, melancholy (憂鬱的), cowardly, cheaply sensational to an offensive degree, said of certain newspapers。而 sensational 意指聳人聽聞的，「意圖激動感情的」，其中自然包括「色情的」，於是出了偏差之後，就形成所謂「黃色的」，便做「色情的」解釋了。由此觀之，「黃色的」雖不代表 yellow 一字的全部意義，至少代表了一部分。

至於「黃」字這種新產生的含義，別人我不知道持何種看法，我個人硬是有點兒不願用。黃帝、黃種、黃金、黃袍加身、黃琉璃瓦宮殿，這些都有堂皇偉大之意，勉強找個不好的恐怕只有「面黃肌瘦」一詞了。誰願這樣生病呢？所以看到「黃色新聞」，聯想到指的是淫穢色情，總覺得很勉強。其實不就是「桃色新聞」嗎？

最後談到「驕傲」一詞。這個詞在任何宗教道德教條中也不是美德。中國人慣於說「逢驕必敗」，而英文舊約也有 When pride comes, then comes shame. 諺語中也有 Pride will have a fall. 而且這種意思的格言極多。《傲慢與偏見》中，貴公子 Darcy 驕傲惹人厭惡。書中一處提起他時，有人說 He is a proud man; nobody likes him. 但是中國話裏，爲什麼最近這些年來，卻不斷有人把「驕傲」一詞做好意講呢？比如我們常聽見人說：「我頗引以爲傲」，「我很驕傲能成爲您的學生」（當然這洋味兒太重了），「你表演得這麼成功，我非常驕傲」。一個人公然宣稱自己很驕傲，這很古怪。我於是打開《英文簡明牛津字典》，Pride 之下的解釋是：

1. overweening opinion of one's own qualities, merits etc.

   a deadly sin, as Pride will have a fall;

   arrogant bearing or conduct.（傲慢，驕傲）
2. sense of what befits one's position, preventing one from doing unworthy thing.（自重，自負，自豪，不甘下流）。

以上是名詞 Pride 的解釋。以下是形容詞 Proud 的解釋：

1. Valuing oneself highly（自重） or too highly, haughty, arrogant（驕傲）
2. feeling oneself greatly honoured, as I am proud of knowing him.（以認識他爲榮，honoured）

Pride 與 Proud 皆有二義，一惡一善。惡意時是「驕傲」，善意時是「自重」，是「引以爲榮」。據此，而今若說 I am proud of being Chinese，漢義當爲「我以身爲中國人爲榮」，你若說「我是中國人，所以我很驕傲」，你的英漢翻譯分數高不了，國文根基也大有疑問之外，謙遜的孔夫子和耶穌基督也許還會對你雙眉緊皺呢。

再有 intelectual crime 當譯爲「智能犯罪」，而近日報章雜誌多譯爲「智慧犯罪」。眞不知「智慧」與「犯罪」如何能聯繫起來，有孔孟蘇格拉底人品與智慧之人又如何會犯罪。經濟上有劣幣驅逐良幣，在語文上也是「劣文」驅逐「良文」嗎?

又如 version 意爲「譯本」，指翻譯版本而言。對事情之敍述，當稱之爲「說法」，如今多稱之爲「版本」，荒唐，荒唐。

二十四、「有著」，「愛著」

自從民國六年中國文學革命運動開始，漸漸有西洋文學作品的漢譯。最初的漢譯都是譯成中國的文言文。嚴復的漢譯八種是文言文，林琴南的漢譯計一百五六十種，也全是文言文，周作人、周樹人兄弟漢譯的短篇小說集——《域外小說集》，也是文言文。其中以林琴南的翻譯文體發生的影響最大。據蘇雪林女士說，林覺民〈與妻訣別書〉，風格極爲類似林琴南的翻譯文體，顯然是受了林譯的影響。蘇曼殊的小說如《斷鴻零雁記》、《天涯紅淚記》等，亦係受林譯影響又稍加改變者。但林譯對中國文言文之影響，若與後來白話譯文之影響中國今日之白話比較，毫無疑問，則小巫不足以見大巫，後來居上多多矣。

翻譯的白話竟爾形成所謂「歐化文體」，而歐化文體竟進而影響到日常口語的變化，如「當……的時候……」，「諸位同學們」，「那些把椅子們」，「明天他將在下午來」，「這封信被寫完了」等等不一而足。以上各種表現法，姑且不談，今日且略談「有著」與「愛著」。

先談「著」字。著字在國語裏，用法有數種，爲今只談表示「進行」的用法。這個字前面照例用一個動詞，那個動詞與「著」字結合之後，便表示那個動作的進行。所以有「騎驢看唱本兒，走著瞧。」「一邊兒吃著一邊兒等。」「站著瞧才瞧得見。」但是動詞若是兩個字合成的一個詞，則不再在下面加「著」字，若加，恐怕也極少見。比如「他一邊游泳著一邊眼睛往上看」，這「游泳著」便違背中國話的習慣用法。同樣的如「他一邊跳舞著一邊心裏想那件事」。總之，「游泳著」，「跳舞著」絕不可用，但「奔跑著」則可用，如「一邊奔跑著一邊喊叫」。再有動詞下面加上了受詞，受詞之下再加「著」字則不可。比如不說「吃飯著」，「下棋著」，「寫字著」，而改爲「吃著飯」，「下著棋」，「寫著字」。比如「一邊吃著飯一邊談」，「一邊下著棋一邊想」，「一邊寫著字一邊聽唱片兒」。

「著」字是指動作的繼續，卻不指靜的狀態。比如不說「天藍著」，「水深著」，因爲「藍」指狀態，「深」也指狀態。不過下面的例子卻算對：「這糕要涼著吃，不是熱著吃」。

「著」字既然指動作的繼續，英文動詞中有不明顯表動作的動詞，我們不易感覺到那個字所表的動作。如 know, like, love, seem, belong, exist, remain, 這些字是動詞，但是用做進行式則是絕無，退一萬步說，也是僅有。我們絕不可以說 I am knowing your name. I am liking Taipei. I am loving you. He is seeming cold. This book is belonging to me. Many superstitions are existing in this place. She is remaining faithful to me. 所以這些句子，或類似這些句子的句子，譯成中文時，也不能有「著」字。試問怎麼可以說「我正在知道著你的名字」，「我愛著臺北」，「我正在愛著你」，「很多迷信存在著」，因此我反對「我正愛著你」，在電視上遇到這樣文句，就是我關上電視去做事的時候兒了。

在英文裏只有 I have a sister, 卻沒有 I am having a sister. have 是當「有」講。下面也算 have 有進行式，但是只限這幾種，也算是另有意義。比如:

①They are having a conference upstairs.

＝They are holding……

②They are having dinner now.

＝They are eating……

③I am having trouble with my French.

＝I am undergoing trouble……

這幾個之外，很少有用 have 做進行式。但是中國今日確有人寫:

「臺北郊區有著許多的名勝。」（幸而下面缺個「們」字）

「那個女人有著一頭金黃色的頭髮，所以我現在這麼愛著她。」

這種說法，一是於古無徵，二是民間不用，三是洋人不說。到底來自何方？幸而只是我們的眼睛有福氣會在紙上看見這樣的字眼兒，在大街小巷還不容易聽到人說在嘴上。

另外是下面這樣句子:

"I'll come again," said she.

就是這麼簡單的句子，結果中譯卻是:

「明天我將會再來。」她說著。

這個「著」字在此又有何用，有什麼進行之意？「將」字又有何用？這個句子我若漢譯，我譯成:

她說（道）「我明天會來。」

我寧可照中國小說中對話寫，不願隨著洋人跑，那樣先寫話，隨後再補某某說。至於下面的「腰斬法」，我絕不忍心用:

"Oh!" cried the devil, "What are you doing?"

我不願洋化到

「嘔！」妖怪喊著，「你幹什麼呢？」

而寧照中文習慣寫成

妖怪喊道：「嘔！你幹什麼呢？」

這正如詩之好壞不在於分行不分行，小說得不得諾貝爾獎，也不在乎這種或那種樣子的對話安排。明明是一個人連貫說的一句話，作者硬要教說話的人不是腰斬一刀，就是要他斷一次氣，別人我管不了，我自己卻願「中國本位」點兒。若錯，寧錯得偏右吧！

二十五、林譯《浮生六記》

林語堂先生開始用英文創作長篇小說（如《京華煙雲》等）以前，曾寫過不少短文在上海《天下月刊》上發表。後來將其中國散文詩詞多編入 *The Importance of Understanding* 一書。英譯中文自傳式作品，則爲《浮生六記》，英文書名爲 *Six Chapters of a Floating Life,* 書末「後記」說：

> 素好《浮生六記》，發願譯成英文，使世人略知中國一對夫婦之恬淡可愛生活。民國二十四年春夏間陸續譯成，刊登英文《天下月刊》及《西風月刊》。頗有英國讀者徘徊不忍卒讀，可見此小册入人之深也。余深愛其書，故前後譯稿不下十次；《天下》發刊後，又經校改，兹復得友人張沛霖君校誤數條，甚矣乎譯事之難也。
>
> 語堂二十八年二月於巴黎

本書英漢對照本初版於民國二十八年五月，民國三十八年國府大陸撤守前已銷至第七版。今臺灣開明書店依上海舊版影印，清晰可喜。清晰也者，因今日所用紙張勝過上海舊版，可喜者因仍依原來版式，中文用仿宋體，婉約婀娜，中英文則左右分排，同段左右排列整齊，極便對照。在臺亦曾發現另一版本，將原文與譯文於同一頁上下疊排，極爲醜劣，印刷裝訂俱差，一本好書，竟爾糟蹋，醜陋不堪。

《浮生六記》成於乾隆年間，民國前十年由楊引傳於舊書攤上發現，首先印行。民國十六年左右，北平樸社在北平排印。我在中學時卽曾購而讀之，深覺其文字淺而不俗，雅而不澀，令人喜愛。後林氏的英漢對照本印後，卽曾購置。東西播遷，此書隨處散失，迄今算來，已四次購買。本書雖名《浮生六記》，但今本只存卷一〈閨房記樂〉，卷二〈閒情記趣〉，卷三〈坎坷記愁〉，卷四〈浪遊記快〉。其卷五〈中山記歷〉（係臺灣遊記）及卷六〈養生記道〉，已然失去，不知人間尚有殘存否？故林譯只有前四卷。

《浮生六記》原文清淺如秋水，頗似桐城文，林氏英文譯文亦典雅平易，風格至為相近，絕無現代美國英文駁雜俗俚之弊。原文說理敍事寫景，全以平易自然文句達之；原文之中國成語典故，林氏或以英文中相當成語譯出，或因乏相當之成語而以普通說明略達其含義，不卽不離，不溫不火，絕不使說英語之本國讀者感到文字怪異。茲舉若干中國成語及其英譯為例：

耳鬢廝磨 rub shoulders
退避三舍 cannot remotely compare
脅肩諂笑 like a smiling sycophant
明珠暗投 casting pearls before swine
移東補西 make both ends meet
吉人天相 Heaven always provides for good people

譯文恰當時，須無過火（overdone）或不及（underdone）之處，以上數例，庶乎近之。林氏英漢對照本前面另有林氏題記：「《浮生六記》譯文雖非苟且之作，但原非供英漢對照之用，字句間容有未盡櫛比之處，閱者諒之。」林氏雖謂與原文「未盡櫛比」，然若謂譯文已逼近最高度之忠實，當不爲溢美之詞。

再如第四卷〈浪遊記快〉中，有對聯一副:

何時黃鶴重來，且共倒金樽，澆洲渚千年芳草，

但見白雲飛去，更誰吹玉笛，落江城五月梅花。

英譯爲:

"When the yellow stork comes again,
let's together empty the golden goblet,
pouring wine-offering
over the thousand-year green meadow on the isle.
"Just look at the white clouds sailing off,
and who will play the jade flute,
sending its melodies
down the fifth moon plum-blossoms in the city?"

中文爲單音字，大小整齊，平仄相對，做爲對聯極爲適當。英文字有長短，大小既不相等，重音又不完全規律，自然不適於整齊對稱。卽便勉強求其對稱，亦不若中文遠甚。依莉莎白女王時代，雖然 John Lily 力倡 euphuism，講對仗雙聲等特色，頗近似中文之駢偶體，但英人以其矯飾爲病，故英文仍以散行爲尙。各國文字不同，當順其特性，不可違背自然也。故中文歐化，實是今文弊端之一。

林氏英譯，在中文對偶處，亦順乎英文之特性，多以散行譯之。如卷四〈浪遊記快〉中有下列文句:

「忽旁開一門，呀然有聲，一鶉衣少年出，面有菜色，足無完履。」

「面有菜色，足無完履」，駢語也。譯成英文，非不可求其類似，卽用相同之句型 (sentence pattern)，但林氏卻不願求逼似原文而逆乎英文的特性，其譯文爲：

> Then suddenly a side door was opened with a crash and a young man *in tatters* and *a pair of broken shoes appeared*, *wearing a pale, anaemic complexion.*

原文「面有菜色，足無完履」整齊對仗之美，在譯文中已經渺然無存。若譯爲 His face had a pale complexion and his feet had no good shoes on，非不可能，但英文並不崇尙此等整齊句法，徒取逼肖原文，強求形似，殊無謂也。

林氏譯《浮生六記》後，再未譯如此長篇。蓋其天才橫溢，潛力正強，非翻譯所能囿，《京華煙雲》、《紅牡丹》等長篇小說隨後相繼問世。《浮生六記》英漢對照本中英文字皆清雅自然，讀之可暫忘塵氛之囂雜，同時亦硏究翻譯之一助也。

二十六、嚴林譯筆

清末民初言翻譯，必推嚴復與林紓二氏。嚴譯西洋哲學，林譯西洋文學。嚴譯赫胥黎之《天演論》及林譯小仲馬之《茶花女》出，二人名聲大噪，而中國讀書界爲之震動。嚴譯西洋哲學八種，計《天演論》、《原富》、《社會通詮》、《羣己權界論》、《法意》、《名學淺說》、《名學》。林譯據說有百餘種，不知今日國內外圖書館是否尚藏有全數，我如到日本或香港，當往圖書館訪查，並做整理，以完成一大心願。今日臺灣商務印書館尚有嚴譯八種出售，林譯大概只有《茶花女》、《魯濱遜飄流記》數種。

關於林紓之翻譯西洋文學，或以爲林氏不諳西洋文字，譯文不能達到「信」的程度。但是「信」是不是指照原文字面的直譯呢？是不是一味保持原文的句法結構呢？翻譯時所重視的「信」，除去指對原文的內容講「信」以外，還指對原文的風格也要「信」。安諾德在《論翻譯荷馬史詩》時說：

「若沒傳達原作的風格，只傳達了內容，便以爲對原作忠實；若不能傳達風格，便以爲能傳達內容，這是一種錯誤……」

他又說：

「古波翻譯荷馬，怎樣絲毫不苟的直譯，是盡人皆知的。蒲柏的翻譯是怎樣自由不羈，也是盡人皆知的。可是，大體說來，蒲柏的譯本則比古波的譯本與荷馬更相近。」

陳西瀅論林紓的翻譯也同樣說:

「我們的林畏廬先生，雖則一個外國字也不識，可是他譯的司哥德的小說，卻居然得到了浪漫派的風味，是許多直譯先生們所望塵莫及的。」（陳西瀅《論翻譯》）

林紓的翻譯作品現不易得，今從張其春的《翻譯之藝術》〈風格之美〉一章中，摘錄林譯一段，藉供欣賞:

It was, as I have said, a fine autumnal day; the sky was clear and serene, and nature wore that rich and golden livery which we always associate with the idea of abundance. The forests had put on their sober brown and yellow, while some trees of the tenderer kind had been nipped by the frosts into brilliant dyes of orange, purple, and scarlet. Streaming files of wild ducks began to make their appearance high in the air; the bark of the squirrel might be heard from the groves of beech and hickory nuts, and the pensive whistle of the quail at intervals from the neighbouring stubble-field.

——W. Irving: *The Legend of Sleepy Hollow.*

時爲蕭晨，秋色爽目；泬寥蒼蒼，四面黃綠，曲繪豐稔之狀。林葉既赭，時亦成丹，夜來霜氣濃也。野鶩作羣，橫亙天際而飛；松鼠盤枝，嘖嘖作聲，金橘之根，鵪鶉呼偶，時時趨出樹外。（《拊掌錄》頁二四）

嚴氏漢譯，今亦不易得見，其實今日之編高中國文者，宜自《天演論》中選取一段，供諸生閱讀。曾記當年在北平時，於舊書攤上購得線裝《天演論》一册。讀其〈察變〉一篇，深愛其文字洗煉純淨，絕無一般低下譯文詰屈聱牙之弊。今亦摘錄一段於後：

赫胥黎獨處一室之中，在英倫之南，背山而面野，檻外諸境，歷歷如在几下。乃懸想二千年前，當羅馬大將愷撒未到時，此間有何景物。計惟有天造草昧，人功未施。其藉徵人境者，不過幾處荒墳，散見坡陀起伏間。而灌木叢林，蒙茸山麓，未經刪治如今日者，則無疑也。怒生之草，交加之藤，勢如爭長相雄，各據一抔壤土，夏與畏日爭，冬與嚴霜爭。四時之內，飄風怒吹，或西發西洋，或東起北海，旁午交扇，無時而息。上有鳥獸之踐啄，下有蟻蝝之齧傷，憔悴孤虛，旋生旋滅，菀枯頃刻，莫可究詳。是離離者亦各盡天能，以自存種族而已。

數畝之內，戰事熾然，強者後亡，弱者先絕，年年歲歲，偏有留遺，未知始自何年，更不知止於何代。苟人事不施於其間，則莽莽榛榛，長此互相吞併，混逐蔓延而已。

本篇爲描寫文，於義無難解處。文字頗近唐宋八家。《天演論》出版時，桐城派殿軍吳汝綸曾寫一序言。其中有句云：

「抑汝綸之深有取於是書，則又以嚴子之雄於文。以爲赫胥黎氏之指趣，得嚴子乃益明。自吾國之譯西書，未有能及嚴子者也。」

又說：

「又惜吾國之譯言者，大抵弇陋不文，不足傳載其義……文如幾道，可與言譯書矣。」

對嚴復的譯書，可謂推崇備至。

嚴林去今已遠，一般人熟聞其名，罕見其書，今抄錄斷片，嘗一臠亦可以知味。今日譯者，回顧前賢，吟誦其文字，庶乎當知奮勉。今日譯書，固不當用艱深之文言，但譯寫滿紙「當，地，們，被，著，牠，假若，底，的，和……」等字之奴才歐化文體者，寧不赧顏！寧不愧煞！

二十七、修養國文

喊國文程度低落，似乎是清末新式教育開始後，卽有所聞。因爲新教育制度一開始，學生的求學時間卽有一部分，也許是大部分，要用在數學、理化、博物、音樂、美術、體育等課程上去。當時所讀國文仍是文言，但較《大學》、《中庸》、《左傳》爲淺。其國文程度之不如前，似屬可信，因用於研習國文之時間，已比以前減少。民國十年以後，小學皆改讀國語，大概至初中開始有簡單之文言文。此時國文程度之低落已趨明顯，其國文程度並未降低者皆係私人閱讀，家庭補習使然。民國二十年前，教育界鑑於學生國文程度日低，胡適之與梁啟超乃各開列一「最低國學必讀書目」，此文今尙存於《胡適文存》中。國文程度是否已然低落？由於學生作文時話說不通，差別字之多，自是事實，由於國文教員程度之低落所鬧的笑話之多，也可證明是事實。再由出版之洋文譯成漢文之書籍上看，亦可證明其中文程度之差，因其選詞造句拙劣而多錯，如誤說「名垂青史」爲「名垂丹青」等等。

林語堂的中學是在鼓浪嶼的一個教會中學讀的，中文自然很差。大學上的是上海聖約翰大學，國文更馬虎。他畢業後到中國文化故都當時的老北京去教清華大學，自知國文太差，才開始用功學國文，發狠讀《紅樓夢》。看《杜詩評註》有問題，不敢向擁有博士頭銜的教授問，或是向電機教授問，因爲他們的國文程度和他是伯仲之間，只好找瑠璃廠書店的書商去閑談。他眞正在中文上下工夫，是在德國萊比錫大學，因爲該大學中文書甚多，所以林語堂的國文是「知耻」之下發狠、補救出來的。後來他自修到能寫中國詩詞古文，不然，他後來是寫不出《武則天傳》和《蘇東坡傳》來的。

二十年前，我在南部某軍官校教英文。校長之母八十大壽，教書匠無以爲敬，乃擬獻壽序一篇。當時國文教師甚多，而寫此壽序，竟公推一教「流體力學」之王老教授友誠擔任之。王教授爲清末派往英國留學學工程者，歸來任山西大學校長三十年，民國六年與中法大學校長李石曾，北京大學校長蔡介民同開大學會議。據云當年考赴英國留學之青年才俊，皆有詩詞歌賦之寫作能力，故提筆寫古文詩詞等，並非難事云。

如今回到本欄題目上來，若英漢翻譯，就是英文譯成中文，中文不好，對英文原文了解得不透徹，固然中文有誤；即使對英文已然了解透徹，必仍然苦於詞不達意。至於譯文的文字風格，更勿論矣。然所謂「國文」不好，必須弄清楚，並非「國學」不好之謂。「國學」是中國學者的事，如對中國文字學有研究，或對詩經有研究，或對宋明理學有研究，或對元史有研究，此之謂國學研究。而翻譯之所需於國學中之部分，則僅限於文字寫作能力，亦即僅限於《姚姬傳》所說之「義理」、「考據」、「詞章」中之「詞章」一項而已。與中國之經史哲學無大關係，那是學術，而學術見長者，並不見得必長於文采，雖然不至於文筆不通；長於文采者，並不必非是經學家史學家不可。而做翻譯者之所需正是文采。

不過文采並非只指雕琢鏤刻抒情寫景的六朝文，也同樣指敍事狀物樸質無華的桐城文。因此可以說，這些純以文辭之美見長，並不以其微言大義爲重的文章，正是琢磨寫作之用的好文章。這種文字的特點，是文而不澀，淺而不俗，精鍊而自然，平易而不古怪。做翻譯的文字，正需要這種底子。若修養這種文字，可供紮根用的，是一部《古文辭類纂》，在上面選百十篇文章背熟。一部《昭明文選》，把六朝小賦若干篇如〈蕪城賦〉、〈恨賦〉、〈別賦〉、〈蕩婦秋思賦〉、〈春賦〉、〈小園賦〉等背過十餘篇。《唐詩三百首》上的古風如〈長恨歌〉、〈琵琶行〉等長詩背過十數篇，律絕各背過五六十首或百十首足矣。宋詞也須背過百十首。元曲中《西廂記》必須熟讀，蓋中國曲中之名著如《長生殿》、《桃花扇》（只最後之〈哀江南〉特美），《牡丹亭》、《琵琶記》、《西廂記》等書中，只有《西廂記》無一句不美，眞是句句錦繡，字字珠璣。讀小說爲文字修養，只看《紅樓夢》、《三國演義》、《東周列國誌》、《醒世姻緣》四部便可。《紅樓夢》與《醒世姻緣》用以琢磨語體文，《三國》《列國》用以琢磨文言文。其他筆記隨筆等隨便瀏覽便好。

還有學文字，千萬要理性與感性並重。寧可說得不頭頭是道，但不可不深得其味。寧可少查字典，不可不勤於諷誦。寧可字讀錯音，不可不熟於其習慣用法。不可以言傳，不足爲大病，不能够神領意會，則永遠做外行。雖能記憶，只是物理的附著，不是化學的化合，是沾在衣帽上，未浸入細胞中，趕考應試則有餘，自己寫作則不足矣。

二十八、譯文與原文

提到翻譯，似乎令人聯想到兩個「次等」，都是不很光彩的。第一是，做翻譯的人因爲沒有創作的才華，才做翻譯，翻譯的作品自然遜於原作。第二是，第一等有學問的人是讀原作，第二等的人，也就是無有讀原作能力的人讀翻譯。我們不是也常聽到某些人以卑夷的神氣說嗎？——「我是不屑於讀翻譯作品的。」Alexander Tytler 在 *Essay on the Principles of Translation* 一文中曾有下列的句子：“It is a profession which, it is generally believed, may be exercised with a very small portion of genius or abilities.” 這分明說做翻譯是不需要太多的天才的。

僅從上面這一段裏，就可以發現有數項要點：第一是，譯品不如原作，也就是比不上原作。第二點是，所以高人不讀譯品。第三是，翻譯的人不需要什麼才華。所以，論貨色，譯品是次等貨；論人才，譯者與譯品讀者都是次等人才。總之，次等。

現在，先討論譯文與原文的異同並比較之。不過在此所指的譯品原文是文藝性的，就是不是英文本的化學或是電晶體收音機製造法等文字上無藝術性可言的原文。關於譯文與原文的比較，我願把現代唯心派哲學大師克羅齊在他所著《美學原理》第九章論翻譯的要點摘錄如下：

1.譯文是翻譯者把原文擺在鎔爐裏，和譯者親身的印象融會起來創造出的一件新作品。

從這一點上說，譯品不是原作的第二版或第三版。而是和原文有若干分相像，又有若干分不相像的東西。因原譯者所得到的原文印象，只是他主觀感受的。只能說，我見如此，並非原文卽如此。因爲某甲看如此，某乙某丙看來並不如此。等譯品出產後，原文的文字句法、聲音、節奏早已渺然無存，除去故事情節、理論、事實等外，文字之醜美原作者已不能負責，讀者面對面的卻是譯者的文字。這個譯者是西施，讀者便是與西施對面，譯者若是母夜叉孫二娘，您就飽餐肥大麻醜黑兼狐臭縷縷的香氣吧。

2.譯品是與原作有幾分類似的創作，有其獨創的藝術價值，不須靠原文就能站得住。

這裏說譯文有幾分像原文，因爲故事、情節、理論、事實是與原文相同的，但是其不同的是文字。原文的情節等是可以移植過來的，而其文字之聲音、節奏、風格、氣氛，必須在譯者的文字修養能力範圍之內，求其最近似的表達。譯者在文字的句法安排、節奏、聲調的奮力模擬表達上，以求保存原文的神韻，這種奮力安排，也需要「語不驚人死不休」，也需要「含筆而腐毫」，也需要「兩句三年得，一吟雙淚流」的求工求好的嚴肅精神與工夫，這就是譯者的創造工夫。

克羅齊以上的二要點之外，我想再補上一條。卽是若求譯品與原作相等，實不可能。往好裏說，卽猶蜂蜜之不能與原來的花中汁液相等。往壞裏說，猶如攙水的酒絕不再與原來的佳釀相同。這種比喩也許並不恰當。現在可以追問，譯品旣不與，也不可能與原作品相等，其結論必然是兩個，不是比原文壞，就是比原文好。比原文壞，眾人皆知，也就是譯者與譯文爲人所輕視的原因。以著《馬氏文通》知名的馬建忠在他〈擬設翻譯書院議〉一文中，曾對惡劣的翻譯說：「今之譯者……或僅通外國文字語言，而漢文則粗陋鄙俚，未窺門徑，使之從事譯書，閱者展卷未終，俗惡之氣觸嘔……。」這正說明惡劣譯文之可厭，不必贅論。

但在此要再追問一句，譯文比原文更美的，有沒有？我的回答是有。但是兩種文字——原文與譯文——既然不同，當然不像田徑賽成績差異之明顯易見。但其理由不難想像而知。比原文差，是譯文之藝術美的程度不及原文的藝術美。比原文好的，是譯文的藝術美程度超過了原文的藝術美的程度。即使有人不願承認譯文比原文美，至少得承認譯文的藝術成就，會與創作品的藝術成就達到同等的高度吧。若在英譯漢的作品中，指出具有高度藝術成就而可獨立成爲文學作品的，我想舉的有吳經熊前輩的《聖詠譯義初稿》，張穀若前輩的《還鄉》、《苔絲》等哈代小說。在英國文學中，先有一六一一年的欽定本耶經，後有十九世紀的費茲哲羅 (Edward Fitzgerald) 的《魯拜集》 (*The Rubaiyat of Omar Khayyam*, 一八九五)。在兩位法國學者 Emile Legouis 和 Louis Cazamian 的《英國文學史》(*A History of English Literature*) 裏，批評欽定本耶經譯本時說：
Nothing else in the religious prose of the Renascence is equal in beauty and importance to the 1611 Authorized Version of the Bible.

對《魯拜集》的英譯本的評語有：The oriental colour of the setting, exact and yet toned down, together with the inspiring power of rhythm, is a miracle of refined literary adaptation; and the art which has formed and condensed each pearl in this poetic necklace, which has also polished them and added to their grace the rich luster of thought, is not unworthy of being compared with that of the greatest artists.

英國有一本抒情詩選集 *Golden Treasury*，其流行之廣彷彿中國之《唐詩三百首》，其中即有費茲哲羅的英譯《魯拜集》。《牛津詩選》中亦有此譯詩。以譯詩而能在英詩選集中佔一席之位，難道還不足以證明文學譯品有其獨立的文學價值嗎？倘若曹雪芹精通英文，他若把 John Galsworthy 的 *Forsyte Saga* 譯成中文，難道還沒有高度的獨立的文學價值嗎？不幸的是，若譯者是猪八戒，則譯者、譯品、愛好此譯品的讀者，則難免都淪爲猪八戒等級了。

《魯拜集》我國有郭沫若及黃克孫譯集，堪稱佳作。

二十九、譯品書評之建立

今日到書店舉目一掃，比起臺灣光復之初時書架上之冷落寒酸，幾乎蕭然四壁之狀，已然是五彩繽紛，琳瑯滿目，數日不見，便覺大有不同，耳目爲之一新，足見出版界之蓬勃興旺。細加審視，可得而見者，如古籍之翻印，抗戰前後舊書之重印，香港美國書籍之盜印，學生參考書之排印，當今學人著作之初印，此等書册之陳列於案頭架上者，其裝訂印刷版式設計，雖未必皆臻精美，但一片生發開展氣象，自是令人欣慰。若依其文化類別，窺其學術價值之高低，而定其等級，皆有待於專家之明辨，非門外漢可信口置喙。若僅就譯品一類而論，其可得而言者，約有下列數端。

一、**譯文**　書店西洋名著譯本之來源，大部分爲三十年代上海老譯本之重印。如《塊肉餘生錄》、《金銀島》、《雙城記》、《簡愛》、《戰爭與和平》、《白癡》、《茵夢湖》、《復活》、《兩兄弟》、《還鄉》、《基度山恩仇記》、《傲慢與偏見》、《咆哮山莊》等等，此類書譯文優劣懸殊太甚，亟宜予以分列等級，其過於拙劣及錯誤者，當逕予淘汰。

此種書之來源，其佳者爲三十年代之名家所譯，其劣者，如春明書局、啟明書局所出版各書，皆爲世界名著，而譯者全爲以廉價僱用之學生，文筆學力經驗皆不足，故，文字劣，錯誤多。原著爲世界名著無疑，但譯者文字不能相配，而紙張印刷亦極差。

另外爲今日某些 書店以極低 之代價僱 用語文修養 不足的譯者所譯，其語文程度恐在翻譯課堂上爲中下之資，行文不順，選詞不當，洗鍊不足。比如坊間兩本《林肯傳》，記得一個小薄本最後一頁有類似這樣的句子：「林肯的大名自然要名垂丹青了。」竟把「名垂青史」誤爲「名垂丹青」。另一本也是最後一頁，在林肯遇刺後，美國大詩人惠特曼寫了一首〈船長〉詩頌讚哀悼，《林肯傳》作者認爲此一詩是對林肯的一個大 tribute，當然此字爲「頌」、「讚」之詞解，而竟譯爲「貢獻」，竟按 contribute 譯出。其他此類錯誤，不知凡幾。

二、譯者 自大陸淪陷，雖有少數助 紂爲虐爲虎 作倀的學者文人，大多數文化人身陷鐵幕，實屬不幸，受盡汚辱折磨。其作品譯品之銷行於自由寶島者，出版商爲愼重起見，多將此等書之作者、譯者名字，予以略去，或逕予改變。但有若干作者、譯者並非附匪，且在抗戰勝利前已然逝世者，而書商不知，亦將其姓名或略或改。此等結果，一是使譯作失去眞實姓名，失去歷史價值；一是亂按上某甲某乙，其實皆是「亡是公」、「無名氏」之流，只是令人做無謂之懸想，益增文化出版界之紛亂。比如書店今日英漢對照本之《傲慢與偏見》一書，可以說是 *Pride and Prejudice* 最不可靠的一個譯本。乍看譯文尙稱通順，對照原文，則錯誤、漏略、附會、謬增之處，極易發現。其文字如何，姑不深論，其譯者姓名，則頗有趣。此《傲慢與偏見》原中文譯本有兩家印行。一家書皮上寫譯者爲「東流」，另一家改名爲「東毓」，顯然是書店動的手腳，原譯者是何人，恐怕永遠發掘不出來了。

另有一小本《唐詩三百首》的英譯本，封皮上譯者寫爲陶某某，當時在書店一見，一時心中納悶，自問何以不知翻譯界有此一高手？

等一看內容，仍是 Bynner 的舊譯本，因爲該出版商姓陶，因而用了自己的芳名。

三、版本　西洋名著之中，有的有刪節本。記得以前見過書店賣過《羅馬帝國興亡史》，標明是吉朋著，但書甚薄，售價低，而英文原著厚兩千餘頁，其價值猶如漢文中之《史記》。譯本既係略本，當予註明。又如《查泰萊夫人的情人》(*Lady Chatterley's Lover*)，也有刪除淫穢處的絜本，也是名著版本不同的另一種情形，譯時皆當註明。

再有，西洋名著，或因原著太長，而有刪節等，此等節本，雖不同於原著，但所保留部分，仍不失爲原文之眞面目。但西洋名著之改用簡易文字略述梗概者，係爲學校中年級較低之學生閱讀者，其文字已與原著大爲不同。此類叢書，我國近有翻譯出版者。大登廣告，乍看名著多種，大量推出，十分堂皇，萬般氣派，譯者某某。而書價甚低，因爲據原著譯出當厚數百頁之書，售價當接近數百元，而廣告中書價僅爲數十元，一看便知不是原著，徒借原著響亮的名字，哄騙無知的讀者。實應註明所據版本才是。

再有，順便一提的，是林語堂先生既然出了名，書店便有不是先生著的，硬是寫林語堂著的書。有的是林語堂的英文原著，由別人漢譯的中文本。書店硬是直接寫上「林語堂著」，硬是把譯者名字抹去。其實林語堂的中文著作甚少，對這些書內的中文是不能負責的。這些書在今日書店中竟魚目混珠的出售。這是書商騙活人的把戲，但對林語堂先生就太不公道了。

《鄭板橋全集》序中有一段：「板橋詩刻止於此矣。死後如有託名翻板，將平日無聊應酬之作改竄爛入，吾必爲厲鬼以擊其腦。」林先生在天之靈其爲鄭板橋第二乎？

譯書界既有此等弊端，譯品書評之建立，此其時矣，復敷衍拖延何爲?

三十、蘇曼殊的譯詩

蘇曼殊爲一浪漫而嚴肅的情僧，若比之爲賈寶玉，頗多相似處。國人無不知之，無須多談。今姑論其譯詩。

猶記在北平讀初中時，即在書攤上買得《蘇曼殊詩文集》，後又買得其小說，內有〈斷鴻零雁記〉、〈焚劍記〉等篇，頗喜其浪漫氣氛。在他的詩文集裏看到有英譯漢詩，自《詩經》、〈漢古詩十九首〉、漢武帝〈秋風辭〉、晉陶淵明詩，以至唐代李杜詩。後一部分爲漢譯英詩，爲數不多，大都譯自拜侖、雪萊、彭恩斯（Burns）等詩人。此譯詩原名《漢英三昧集》，發刊於民國前九年，於東京三秀舍。當年做學生時，置此書於案頭，時時翻閱。《曼殊詩文集》前之序言中，對此譯詩並未言明譯者，既是《曼殊詩文集》，譯者自然是蘇曼殊。譯詩之外，尙有漢文英譯，但只一篇，即〈李陵答蘇武書〉。此文富於感情，文句又多駢偶，節奏極美，又不失其平易自然，因而對此英譯亦極喜愛，亦深佩譯者曼殊之英文修養。

後讀英人 Herbert A. Giles 之 *A History of Chinese Literature*，書中引用英譯中國詩文甚多，英譯之〈李陵答蘇武書〉即屬其一。閱讀之下，發現其譯文與《漢英三昧集》中之英譯，完全相同，頗疑此英譯。係借用曼殊之英譯。因 *A History of Chinese Literature* 之序言末尾並無年月，遂不知此英人與曼殊兩譯文之時間先後。再後，得讀 James Legge（漢名理雅格）之英文《詩經》（*The She*

King)，復發現曼殊之《詩經》英譯亦完全與 James Legge 之英譯詩經完全相同。至此，始知蘇曼殊之《漢英三昧集》之中國詩文英譯實係一選輯，並非他親筆英譯。今日書店中《蘇曼殊全集》之序言中亦未提及此等英譯爲大師英譯，抑爲選錄，以後編曼殊大師集者，極應註明才是。曼殊大師集中之英詩漢譯當係大師親自譯出者，其數首漢譯皆採用五言，亦有採用四言者，文字多艱澀難解，句中有字恐一般小字典中亦不易查出，如「拼溺含弘，公何豈弟」之類。實在難解。

曼殊漢譯英詩最著名者，當推《哀希臘》(*The Isles of Greece*)，此詩亦爲五言古風。我國曾漢譯此詩者尚有馬君武與胡適之。馬君武以七言古風譯，胡適之以騷體譯。五言短於七言，騷體更可長於七言，而且騷體中每句不限於固定字數，應用以達意，更富有彈性，更富有變化。胡適之採用騷體最爲聰明，最佔便宜，而曼殊大師用五古，自然最爲吃力，亦最不易討好。試錄數節於下，藉供比較：

原詩——

The isles of Greece, the isles of Greece!
　　Where burning Sappho loved and sung,
Where grew the arts of war and peace,
　　Where Delos rose, and Phoebus sprung!
Eternal summer guilds them yet,
　　But all, except their sun, is set.

蘇曼殊譯——巍巍希臘都，生長奢浮好。
情人何斐豐，荼輻思靈保。
征伐和親策，陵夷不自葆。

長夏尚滔滔，頹陽照空島。

馬君武譯——希臘島，希臘島，

詩人沙孚安在哉！愛國之詩傳最早。

戰爭和平萬千術，其術皆自希臘出；

德婁飛布兩英雄，溯源皆是希臘族。

嗟吁乎！

漫說年年夏日長，萬般銷歇賸斜陽。

胡適之譯——嗟汝希臘之羣島兮，實文教武術之所肇始。

詩人沙浮嘗詠歌於斯兮，亦羲和素娥之故里。

今惟長夏之驕陽兮，紛燦爛其如初。

我徘徊以憂傷兮，哀舊烈之無餘。

三人漢譯全文甚長，今不俱錄，嘗一臠而知味，略作比較可也。曼殊之散文淺易有情致，似近歸有光，其詩屬於黃仲則郁達夫一派，素描而有韻味，而此譯詩如此艱深，據說曾經國學大師章太炎先生之修正，或受其作詩理論之影響，亦頗可能。曼殊之詩平易有味，如「忽聞鄰女艷陽歌，南國詩人近若何？欲寄數行相問訊，落花如雨亂愁多。」又如「春雨樓頭尺八簫，何時歸看浙江潮？芒鞋破鉢無人識，踏過櫻花第幾橋？」而其譯詩之風格則與之迥異。我一向認爲不論翻譯創作，行文總以平易爲上。杜甫說：「工夫深處卻平夷」，陸游說：「卻從平易見工夫」，大有道理。林琴南的漢譯《茶花女》若用紅樓夢式的白話，今天不是仍然爲讀者所樂讀嗎？

三十一、《水滸傳》中的雙關語

中國語言爲單音字，但人口所能發出之音並不甚多，因此若干字發音相同，爲避免誤解，又以平上去入分別之，如此，因同音而滋誤解者，大爲減少，但雖云減少，其發音相同者，與歐洲多音節文字相比，仍遠爲超出。故稱中國同音字獨多，不爲過言。同音字既多，達意時易滋誤解。如學校之「期中考」與「期終考」，若口頭說出，實在無從分辨。「全不來」與「全部來」，一否定，一肯定，含義正好相反，而聽來全然相同。故若改爲「期半考」、「期末考」，始能避免混淆不清，若僅廢止其一，另一個仍費疑猜，易生誤解。「全不來」只好改爲「都不來」；「全部來」只好說成「全都來」，或「都來」或「全來」。其他此等例子，確是不勝枚舉。

但天下事往往是利之所至，弊之所及。語言中同音字多時易於作雙關語，卽是一例。中國語文中雙關語極多，在小說與戲劇中隨時可見，如國劇中秦瓊發配（亦稱《打登州》），卽以雙關語暗通消息。最有趣者爲《水滸傳》第四回〈魯智深大鬧五台山〉。其中有句云：

> 上下肩兩個禪和子推他起來，說道：「使不得！既要出家，如何不學坐禪？」智深道：「洒家自睡，干你甚事？」禪和子道：「善哉！」智深喝道：「團魚洒家也吃，甚麼鱔哉？」禪和子道：「卻是苦也！」智深便道：「團魚大腹，又肥甜又好吃，哪得苦也？」上下禪和子都不睬他，由他自睡了。

其中「善」與「鱔」最爲難譯，「苦」字較爲容易。 J. H. Jackson 在 *Water Margin*（《水滸傳》，1937）並未注意此一雙關技巧，逕譯如下：

On either side of him was a priest, and they both pushed him; saying, "Get up! This won't do! As you have left home, why do you not sleep in a sitting position?"

"I am going to sleep, and what is that to do with you?" answered Lu Ta. A priest exclaimed, "What a calamity!" Lu Ta shouted, "Even a tortoise I shall eat; what calamity will there be?"

The priest replied, "Of course there will be a calamity." Lu Ta said, "A tortoise has a big belly, but the fat is sweet and nice to eat, so why should there be a calamity?" (p. 35, Vol. 1)

The priest took no more notice of him and let him sleep. (*Water Margin*, p. 35, Vol. 1)

賽珍珠（Pearl S. Buck） 在她所譯的《水滸傳》（*All Men Are Brothers*, 1933）中此段譯文如下：

The two monks next him pulled him up and said, "You may not do this. If you renounce the world then why do you not learn to sit the night through?"

But Lu Chih Shen said, "I will sleep my sleep, and

what has it to do with you!"

The two priests, unwilling to speak an evil word, only stammered, "Well-Well-"

Lu Chih Shen gave a great grunt and he muttered, "Turtle meat I can eat too, and why do you speak of eels?"

The two priests then said, "This is too bad-it is too bitter to hear!"

Lu Chih Shen said, "Turtle's meat is sweet and good to eat and fat, and why do you talk of bitterness?"

But the two priests on either side of him would not talk to him longer, and so they let him go to sleep.

(*All Men Are Brothers,* p. 74, Vol. 1)

在 Jackson 譯文中既沒有譯出「善哉」，下面逕譯出 tortoise，便文意上下不銜接，殊覺突乎其來。賽珍珠以 Well 譯「善哉」，隨即在下引出 eel 來，在同音字極少的英文中，已屬難得，確勝過 Jackson 甚多。

又在《水滸傳》第二十四回〈王婆貪賄說風情〉中，亦有一段雙關語文字。原文如下：

王婆出來道：「大官人，吃個梅湯。」……西門慶道：「王乾娘，你這梅湯做得好。有多少在屋裏？」王婆笑道：「老身做了一世媒，哪討得一個在屋裏？」西門慶道：「我問你梅湯，你卻說做媒，差了多少！」王婆道：「老身只聽得大官人問這媒做得好，老身只道說做媒。」

這段文字難譯之處在於「做梅湯」與「做媒」。中文趕巧此二「梅」「媒」同音，在英文找些同音字便難死人了。試看賽珍珠與 Jackson 都在過這一關時丟了臉。

賽珍珠譯文:

> ... the old woman came out and said, "Honorable One, will you not drink a tea of marriage plum blossoms?"
>
> ... Then he said, "Good Aunt, you have made this plum flower tea very well. How much have you inside?"
>
> The old woman Wang said, "All my life I have been go-between in marriage and how can there be but the one brewing in my house?"
>
> Hsi Men Ch'ing said, "I asked you about the plum blossom tea and you talk about go-between in marriage, —these are two things far apart!" (p. 409, Vol. 1)

把「梅」叫 marriage plum 好與 go-between in marriage 相近，也煞費苦心。但梅湯卻不是用梅花做的，blossom 一字是太多餘了。

Jackson 處理「梅」與「媒」尤其相形見絀。其譯文如下:

> She soon made the stewed prunes and hand the bowl to him. He... said, "Mrs. Wang, these stewed prunes are very nice. Have you any more in your establishment?"
>
> Mrs. Wang laughed and said, "I have acted as a go-between in marriage for a long time, but just at present

I have no woman on hand in my house."

"I asked you about 'mei' (prunes), and you replied about 'mei' (marriage)—there is a wide difference."

"I thought you said that I arrange marriages very well," said Mrs. Wang. (*Water Margin*, p. 330, Vol. 1)

竟用注解以表明「梅」「媒」同音，只見譯時不肯用心，過於潦草了。

親愛的讀者，您不要灰心，也不必失望，下面有一段漂亮的譯文，您耐著性兒看下去吧。

"May I offer you some *damson* broth, Sir?" said old woman Wang, when she came out.

... "You make excellent *damson* broth, Stepmother," he said. "Have you got many *damsons* in your room there?"

"I have dealt in *damsels* all my life," the old woman said, "But I never keep them in my room."

"I was talking about *damsons*, not *damsels*," said Hsi-men. "You are getting a little mixed."

"It was *damsels* you were talking about, none the less," the old lady retorted. (*The Golden Lotus*, p. 46)

此段譯文爲 Clement Egerton 英譯《金瓶梅》文字。找到 damson（表梅），damsel（表女，表媒）。虧他想得出來!

三十二、傳　神

今日且談英文譯中文。要翻譯得好，第一是先對原文修養到有徹底了解的能力，並能充分嘗到其味道、其調子。徹底了解，是指的眞懂其含義，是頭腦中的理性活動；能充分嘗到其味道，是指由心、由感性感受到原文的調子語氣，甚至聽到作者說此文句的聲音，甚至想到他說此文句時臉上的神情；這時才好找到一句相當的譯文，這譯文的語氣，或堂皇正大，或尖酸刻薄，意含諷刺，或俏皮幽默，或斯文，或俚俗，或拙澀，或粗卑。如能把握住句子的味道，才能找到適當的譯文，譯文才接近原文，也就是才能够傳神。對原文的了解，最好到對原文中的人物，有如聞其聲，如見其面的感覺。若達到此種地步，一半靠在情節人物性格上的清楚熟悉，一半要靠幾分敏悟的本能。也就是說，要一半靠後天理性的活動，一半靠先天的感性的銳敏，據此而安排自己譯文的文句。使句子有其特色，猶如句子能發出赤、橙、黃、綠、青、藍、紫的某一種顏色，擲之地上，能發出宮、商、角、徵、羽之中的某一個獨特的聲音。句子的調子有如說話的音調，有平直、迂徐、激昂、委婉、莊肅、雄壯、卑微等不同。自句子的外形上看，句法有長短之分，字音有剛柔之別，用字有雅俗之選。其目的都是求對原文含義譯得貼切而已。或有人嫌有這麼許多該注意之處，豈不太難？豈非陳義過高？其實難易仍是比較之詞，知其原理，時加注意，卽不難做到，當然也看自己國語文的修養程度了。

俗語說，「說時容易做時難」，我會這樣說，但能否做到？即使做到，做到幾分？充分做到，自是妄想，做到幾分，也許能够。試舉數例，但願是愚者一得。

第一、中國提到漢唐，總覺得有一股英雄氣，洒脫而大方。林語堂在他的《重編中國傳奇小說》裏有一篇〈虬髯客傳〉，開始便寫大唐開國年間的雄偉氣魄，我似乎感到文字中有一股誇張之氣。第一段文字爲：

It was a world of chivalry, adventure, and romance, of pluckly battles and faraway conquests, of strange doings of strange men which filled the founding of the great Tang dynasty. Somehow the men of that great period had more stature; their imagination was keener, their hearts were bigger, and their activities more peculiar. Naturally, since the Sui Empire was crumbling, the country was as full of soldiers of fortune as a forest is full of woodchucks. In those days, men gambled their fortunes on high stakes; they matched cunning with cunning and wit against wit. They had their pet beliefs and superstitions, their virulent hatreds and intense royalt-ies, and once in a while, there was a man of steel with a heart of gold.

我的譯文是：

當時是個豪俠冒險，英雄美人的時代，是個勇敢決戰遠征異域

> 的時代——奇人奇蹟，在大唐開國年間，比比皆是。那偉大時代的人物，說來也怪，都是身材魁梧，想像高強，心胸開濶，行爲瑰奇的英雄豪傑。由於隋朝行將崩潰，豪傑之士，自然蠭擁而起。不惜冒大險，賭命運，巧與巧比，智與智鬪。而且有偏見，有迷信，有毒狠，有赤誠。並且，也時或有一兩個鐵漢，具菩薩般心腸。

在譯文中，我故意用了不少對句，「身材魁梧，想像高強，心胸開濶，行爲瑰奇。」皆短句，每句四個字，這樣似乎句子節奏明顯而整齊。下面「冒大險，賭命運，巧與巧比，智與智鬪……有偏見，有迷信，有毒狠，有赤誠……時或有一兩個鐵漢，具菩薩般心腸。」這幾句也力求乾淨整齊，彷彿說書人口頭的句子。自然力避嚕囌，因非小兒女談情說愛之蕩氣廻腸藕斷絲連故也。

第二、〈白猿傳〉，也是《重編中國傳奇小說》中的一篇。在這篇小說裏歐陽將軍及隨 從人等到了白猿國境，在入境的大門之前叩門，裏面紛亂一陣之後，白猿出現在城門頂端，幾十個弓箭手向下瞄準待放，歐陽將軍的隨員拔刀在手，準備迎戰，可謂箭上弦，刀出鞘，緊張萬分。這時譯文的節奏拍子，不能不快，我在譯此一段文字時，心跳亦隨之加速，手握原子筆亦加倍用力，有人若冷不防自後偷拔手中筆，必難拔動，文字豈能有鬆弛氣氛？舊日的譯文錄之於下：

> 正在此時，兩個人先後自內跑出。於是刀聲叮噹，
> 羽箭飛起，我們之中，三四個人，應聲倒地。
> 驀的一聲喧嚷，喊聲立停。抬頭一望，岩石頂頭，
> 正是白猿，站在上面，威風凛凛。

這段譯文是想用快速的節拍表達緊張的動作，故不敢寫長句，而用短句，表現快速，力求傳神。

第三、《京華煙雲》中木蘭這位大家閨秀才女吃螃蟹時的醉態文字，今分析幾句。木蘭既有醉意，乃流露幾分放浪形骸之外的神氣，順口說出 The crab is a unique creature! The crab is a unique creature! 我當時翻譯至此，停筆斟酌，因覺此姝醉中道出此語，而且重複一次，實不尋常，當如何表達才好？若譯爲「螃蟹是怪動物! 螃蟹是怪動物! 」表面並未譯錯，但殊覺不對。一想其醉態，乃改譯爲「若夫螃蟹之爲物也，非常物可比! 若夫螃蟹之爲物也，非常物可比!」與前後白話敍述乃顯然有異，甚至可令人想到她搖頭擺動的神情。

第四、《京華煙雲》原文第七百五十頁有這樣文句:

> Can't you see that every single Chinese man, woman, and child is against the Japs, and that China must certainly win? By all the mothers of the Japanese and Chinese traitors.

原來上海出版的老譯本（如今書店尙有出售）遇到 By all the mothers of the Japanese and Chinese traitors! 用虛線空過，漏而不譯。此一段原文之後，下一段中作者的評語爲:

> Now this was a rather obscene oath and it amused Suyun ……

上海的老譯（《秋之歌》第二二九頁四十三章）將上句譯爲:

「現在這句話似乎不吉利的……」

obscene 不做「不吉利」解，而是「淫穢」之意，可見譯者胡猜亂譯，足見對上句並未弄懂。其實這句話正是國罵「三字經」，出諸一個少女黛雲之口，無怪乎素雲覺得好笑 (amused)。但小說既以語言表達人物的性格，自然仍應當將語言的本意翻譯出來。莎士比亞戲劇中也有此等文句。《紅樓夢》中第十二回也有「瑞大叔要×我呢？」的粗俗文句。所以本句仍當忠實以「國罵」譯出。

第五、哈代在 *The Return of the Native*（《還鄉》）前面描寫愛敦大草原時，有一段文字：

> To recline on a stump of thorn in the central valley of Egdon, between afternoon and night, as now, where the eye could reach nothing of the world outside the summits and shoulders of heathland which filled the whole circumference of its glance, and to know that everything around and underneath had been from prehistoric times as unaltered as the stars overhead, gave ballast to the mind *adrift on change,* and *harassed by the irrepressible new.*
> ——Thomas Hardy: *The Return of the Native.* Book First, 1

業師張穀若的譯文甚美。錄下供同道欣賞：

「當著下午到黑夜之間，就像現在說的這種時光，跑到艾敦荒原的中心山谷，靠在一棵棘樹的殘株上面，舉目看來，外面的景物，一樣也看不見，只有荒丘蕪阜，四面環列，同時知道，地上地下，周圍一切，都像天上的星辰一樣，從鴻濛開闢以來，就絲毫沒生變化。那時候，我們這種紛擾於新異的心思，浮沉於無常的情緒，就覺得安定沉穩，有所寄託。」

英文不喜歡多用駢偶，然亦不能全免，此自然之理。上面原文裏的含義頗給人一種安定感，而最後兩個形容片語則顯然駢列相對，即 adrift on change 和 harassed by the irrepressible new. 漢譯「我們這種紛擾於新異的心思，浮沉於無常的情緒，就覺得安定沉穩，有所寄託。」也平仄協調，駢偶整齊，頗能傳原文的神韻。

語言文字有種種之特色，有雅俗高下，有陰柔陽剛，有節奏快慢，譯者如能體會，譯出當力求傳神。如此才不僅達意而已。

三十三、譯壇前輩

（一）

余生也晚，翻譯界前輩如嚴幾道、林琴南、辜鴻銘諸先生不及見矣。就個人早年在北平讀書時所見所聞在翻譯界負有盛名者，略得若干人於次。然負有盛名並非其譯品即係佳譯。盛名與眞才並非永遠符合一致，以盛名卓著而僅震駭淺人之耳目者，代每有之。此點不可不明也。

大約民國二十年左右，在書店、書攤及書局圖書目錄上，常見到之譯書人姓名，其見之最熟者，略記如次:

法國文學之漢譯者爲黎烈文、李青崖，而李青崖所譯尤多。但當時在北平輔仁教法國文學的河南郭麟閣教授，則對李譯並不恭維，認爲錯誤甚多。郭對法文鑽研甚深，所言當屬可靠。李譯多在商務印書館出版。當時留法歸國之新詩人李金髮、戴望舒等人名氣甚大，但所譯法國文學，似乎甚少。

德國文學之漢譯尤少。在輔仁大學教德文之楊丙辰，中等身材，面色黝黑，據說爲當時精研德文少數學者中之確有功力者，但譯品寥寥，當時只見一印刷簡陋之小册子，今已忘其書名。其他郭沫若似曾漢譯歌德之《浮士德》詩劇，但有人謂其漢譯多藉助於日文版之浮士德。總之德國文學之漢譯似乎數量皆少。《少年維特之煩惱》及雷馬克之《西線無戰事》似皆據英譯本而轉譯者。

帝俄時代之三大文豪托爾斯泰、屠格涅夫、杜斯托益夫斯基，以及其他帝俄作家如普希金、柴霍甫、戈果爾，以及後期的高爾基，他的漢譯作品最多。但絕大部分是從英譯再轉譯的。如《戰爭與和平》、《復活》、《安娜卡列尼娜》、《罪與罰》、《兩兄弟》、《窮人》、《白癡》、《獵人日記》、《春潮》、《被汚辱與被損害者》，幾乎沒有由俄文直接漢譯的。李霽野先生卽從英譯本譯過數種此等俄文名著，其中包括《戰爭與和平》、《被汚辱與被損害者》（英文譯名爲 *The Insulted and Injured*）。周筤與周稷南合譯之兩大厚册《安娜卡列尼娜》，筆者手下仍存有當年上海印行原書。原書正文之前，並未註明據何等語文及何等版本漢譯，此皆翻譯人及出版商之有欠光明磊落處。據說當年似只有一曹葆華確實會俄文，所譯數種帝俄作品是直接由俄文翻譯的。我在大學二年時，曾在李霽野先生指導下自英文本托爾斯泰的 *The Cossacks*，譯成中文《哥薩克人》，但韓侍桁的漢譯本《哥薩克人》出版在前，我的漢譯手稿並未出版，那是我練習翻譯的第一本書。

（二）

算一算過去五十年來自西文漢譯的作品，自然仍以自英文漢譯者爲多。多雖多，而佳譯甚少。如分類言之，可略述如下:

戲劇——戲劇當以《莎士比亞全集》爲主。而譯者所譯或多或少。計新詩人孫大雨譯過《李爾王》，萬家寶譯過《鑄情》，抗戰期間在重慶漢原譯過莎劇多種。梁實秋譯出了《莎劇》及《十四行詩全集》。朱生豪譯了二十七本，終在抗戰期間染患肺疾，以三十歲左右長才早逝。所餘十本戲在政府遷臺後，由其之江大學先期同學虞爾昌續譯完畢，在世界書局出版。此若干漢譯本中梁氏及朱虞氏譯本今日在臺尚能見到。梁氏譯本悉照原文譯出，即便原文淫穢之處，亦不删略，最便於讀莎士比亞劇本時做對照參考之用。朱譯文字琢磨較爲精細，但於淫穢處，多予删略。朱本譯詩尤爲精鍊可愛。我在拙著《譯學概論》中，曾有引證。今錄於下：

Fathers that wear rags
　　Do make their children blind;
But fathers that bear bags
　　Shall see their children kind.
Fortune, that arrant whore,
　　Ne'er turns the key to the poor.

——*King Lear*, Act 2; Scene 3.

梁譯：父親穿著破衣裳，
　　可使兒女瞎了眼；
　父親佩著大錢囊，
　　將見兒女生笑臉。
　命運，那著名的娼婦，
　　從不給窮人打開窗戶。

朱譯：老父衣百結，
　　兒女不相識。
　老父滿堂金，
　　兒女盡孝心。
　命運如娼妓，

貧賤遭遺棄。

朱生豪之譯詩眞有可愛處，試觀下列「麥克佩斯」中女巫之上場詩：

Third Witch.　And I another.
First Witch.　I myself have all the other,
And the very ports they blow,
I' the shipman's card.
I will drain him dry as hay.
Sleep shall neither night nor day
Hang upon his pent-house lid.
He shall live a man forbid.
Weary se'nnights nine times nine
Shall he dwindle, peak and pine.
Though his bark cannot be lost,
Yet it shall be tempest-tost.

——*Macbeth*, Act 1; Scene 3

朱生豪譯文：

女巫丙：我也助你一陣風。
女巫甲：駕風直到海西東。
到處狂風吹海立，
浪打行船無休息，
終朝終夜不得安，
骨瘦如柴血色乾；

年年辛苦月月勞，
氣斷神疲精力銷；
波濤洶湧魚龍怒，
一葉漂流無定處。

梁譯爲：

妖婆丙：我也祝你清風一陣。
妖婆甲：我自己有其餘的一部分；
我知道風所吹向的各個港灣，
以及水手使用的羅盤，
所指向的一切地方。
我要把他吮得像稻草一般的乾，
不分晝夜他休想能有睡眠，
掛在他的凸出的眼皮上；
他將像是受詛咒的人一樣。
九九八十一個漫長的星期，
他將逐漸的衰落，瘦削，萎靡。
他的船雖然不至於覆沒，
但是要遭遇風暴的顚波。

試問朱譯如此，成功的翻譯不是可成爲獨立的文學作品，也自有其藝術價值嗎?

（三）

在民國二十年左右，除大部頭兒的戲劇如《莎士比亞戲劇集》之漢譯本外，另外西洋戲劇之漢譯當屬挪威的易卜生的問題劇，但都是轉自英譯本漢譯的，譯者姓名已不能記憶。另外一小本值得一提的是林語堂漢譯的蕭伯納的《賣花女》（與林琴南漢譯的小仲馬的《茶花女》無關）。

在林語堂先生正式從事英文著作之前，也給書店編過幾本書，和現在臺灣的教科書的一樣，那時他的名氣還不大。編的是《開明英文讀本》三册，這三本一出版，便全國風行，立即取代了商務印書館周越然編的《模範英文讀本》，那是民國十八年。民國二十年出版了《開明英文法》。這兩種書一直到今天，還遠非後人同類著作所能及。在這裏我要說的並非這兩種書，不過順便提到而已。值得注意的是林先生的《賣花女》。因為那時正是所謂「歐化中文」（這一術語之不通，正如「大陸風味」一樣）猖獗氾濫之時，而林先生卻以聖約翰畢業的福建人，用自然流暢的北平話漢譯蕭伯納的戲劇（也是開明書店印的）。用國語寫作，他是很下了工夫。在他的《八十自敍》第四章，他說藉著看《紅樓夢》學北平話，他說《紅樓夢》上的北平話還是無可比擬的傑作。

現在引用一段蕭伯納的英文如下:

> She sits down on the plinth of the column, sorting her flowers, on the lady's right. She *is* not all an attractive person. *She is* perhaps eighteen, perhaps twenty, hardly older. *She* wears a little sailor hat of black straw that has long been exposed to the dust and soot of London *and* has seldom if ever *been* brushed. Her hair needs washing rather badly: *its* mousy color can hardly be natural. *She* wears a shoddy black coat that reaches merely to *her* knees *and is* shaped to *her* waist. *She* has a brown

skirt with a coarse apron. Her boots *are* much the worse for wear. *She is* no doubt as clean as she can afford to be; but compared to the ladies *she is* very dirty. Her features *are* no worse than theirs; but *their* condition leaves something to be desired; and she needs the services of a dentist.

——Bernard Shaw: *Pygmalion*

英文中之斜體字卽林氏譯文中所刪略者。其中有作主詞之代名詞六個；繫動詞「是」字六個；連接詞 and 兩個；非人稱所有格代名詞 its 及 their 各一；人稱所有格代名詞 her 兩個。表被動之 been 未譯，亦卽刪略原文之被動，而以自動形式譯出，正合乎中文語法。時下之濫用「被」動寫生硬之文句者，觀乎此，當有所悟。

林氏漢譯錄於後：

她坐在柱座上，在女人的右旁，分放她的花。她並非（是）有動人的容貌。（她）大概（是）十八歲，也許二十，雖然不見得在二十以上。（她）頭戴水兵式的黑草帽，這頂草帽早薰染過倫敦的灰塵與煤烟，（和）極罕刷淨過，說不定就沒刷過一次。她的頭髮髒得可以，有待洗滌；（它的）那種鼠灰色大概不會是天然的。（她）身穿一件粗惡黑衣，長幾乎及於（她的）膝上，（她的）腰身貼緊。（她）穿得一件棕色的裙，上面罩著粗圍裙。她的長皮鞋已經（是）穿得破爛。自然據她的情形而論，（她）也算（是）乾淨，但是與那些閨媛比較起來，（她）就算很骯髒。她的面目（是）不比她們的壞；但是

(它們的) 那種情狀頗有可改良之餘地；而且她也須找牙科醫生去。

——林語堂譯《賣花女》第一幕

以上林氏譯文摘自拙著《譯學概論》頁二四一至二四二。林氏晚年在臺出版之《無所不談集》中對翻譯之態度，迄未改變。也就是說譯文要合乎中文的自然本色，不是按照洋文愚忠愚孝洋奴嘴臉式按照字面的逐字死譯。林先生的英文漢譯，據我所知，只有此一部小書，書店中所見的林先生的洋文漢譯都是假的，是缺德的出版商冒用林先生的名字，林先生在世時對此已有所發現。

戲劇之外，再談小說。西洋文學之漢譯，小說在數量上自然佔大宗，而譯小說者也最多。所謂最多，自然是比較上說。因爲以最多而論，西洋小說名家的全集，還沒有一部譯出來，這應當說是中國五十幾年來翻譯界的恥辱，若論質而不論量，也同樣令人臉紅。譯文拙笨古怪惡劣者居多，似乎是中文寫作能力差者才做翻譯工作。而一個人翻譯的數量也有限，而集中於某一家之翻譯者尤少。今就記憶所及，略談數位譯者如後。

以翻譯數量多而譯文洗鍊自然著稱的，當推伍光健。胡適之先生曾稱他所譯法國大仲馬的《俠隱記》可做中學生國語補充教材用。他翻譯的書都是在商務印書館出版的。但是在南開與北平輔仁大學外文系執教的楊善荃先生，卻說伍光健的譯文禁不起與原文對照。據我所知，臺灣找不到伍光健的譯本。

李霽野所譯的小說可能接近十種，從英文譯本而漢譯的俄文名著有數種。今日書店可見的《簡愛》便是李譯的精華。歐化語法在他的譯文中不算太多，文字像白水一樣，很少用中文的成語，這是楊善荃先生對《簡愛》譯文的批評。李先生曾教過我一年翻譯，課外指導過我用英文譯本翻譯托爾斯泰的小說 *The Cossacks*，並指導我寫畢業論文〈西洋詩對中國新詩的影響〉。爲人清癯瘦小，爲文頗爲謹愼，一部《簡愛》譯文中不容易找出錯誤來。

（四）

《傲慢與偏見》的漢譯者有四人，商務印書館胡適題封面的楊繽譯本最早，但譯文不佳，錢歌川先生未曾譯完，上海的一個譯本，也就是今天臺灣英漢對照本的《傲慢與偏見》，只看其譯文，文字尙通順，一對照原文，則錯誤極多，復多偸略，是個極壞的譯本。眞正好的譯本當推李素女士的譯本。李女士北平燕京大學畢業，久居香港。原作者珍・奧斯婷文筆極精細，此書可謂難譯，而李素女士譯筆之精細琢磨，幾可超原作而上之，如以譯文與原著對照看，益見譯者功力之深。

民國半世紀以來，西洋小說漢譯之大師，當推山東張穀若先生。他高身材，說話並不漂亮，曾教過我一年翻譯，他幾乎將英國哈代的小說全已譯完，是英國庚款基金委員會代爲在商務印書館出版的。英文修養極深，聽說輔仁的英文刊物《華裔學誌》有一時期是由他主編。他譯的哈代的小說，今日在臺可得而見的只有《還鄉》一本。他每一本譯文後皆有註釋，考證之精，材料之富，爲半世紀來所僅見。註釋材料之富，幾與譯文相等，尤爲可驚。民國二十二年英國詩人（忘其姓名）由英抵華。在北平宴客席上，張先生提出有關哈代作品中三十幾個難以解決的問題，英國詩人只能解答其中的三個，其餘也交了白卷。在閱讀普通的漢譯文字大倒味口之後，張譯文字之美，令人精神一爽，耳目一新。試讀下面這段文字:

十一月裏一個星期六的後半天，正在暮色昏黃將近的時候；那一大片沒有籬垣遮斷的叢灌榛莽……也一刻比一刻淒迷蒼茫。擡頭看來，只見瀰漫穹窿的灰雲，遮斷了蔚藍，好像一座帳棚，把整個荒原，當做了地席。

原文爲:

A Saturday afternoon in November was approaching the time of twilight, and the vast tract of unenclored wild... embrowned itself moment by moment. Overhead, the hollow stretch of whitish cloud shutting out the sky was as a tent which had the whole heath for its floor.

——*The Return of the Native*, p. 3

再一段:

當著下午到黑夜之間，就像現在說的這種時光，跑到愛敦荒原的中心山谷，靠在一棵棘樹的殘株上面，擧目看來，外面的景物，一樣也看不見，只有荒丘蕪阜，四面環列，同時知道，地上地下，周圍一切，都像天上的星辰一樣，從鴻濛開闢以來，就絲毫沒生變化。那時候，我們這種紛擾於新異的心思，浮沉於無常的情緒，就覺得安定沉穩，有所寄託。這一大片沒人騷擾的地方，有一種古遠長久的「常住」，就是烟波浩渺的大海，也不能和牠爭勝鬪強。誰能指出一片海洋，說牠古遠長久？日光把牠蒸騰，月華把牠蕩漾，牠的情形，一年一樣，一天一樣，一時一刻一樣。滄海改易，桑田變遷，江河湖澤，村落人物，全有消長，但是愛敦荒原卻萬古如斯。

——《還鄉》，頁五。

英文原文:

To recline on a stump of thorn in the central valley of Egdon, between afternoon and night, as now, where the eye could reach nothing of the world outside the summits and shoulders of heathland which filled the whole circumference of its glance, and to know that everything around and underneath had been from prehistoric times as unaltered as the stars overhead, gave ballast to the mind adrift on change, and harassed by the irrepressible new. The great inviolate place had an ancient permanence which the sea cannot claim. Who can say of a particular sea that it is old? Distilled by the sun, kneaded by the moon, it is renewed in a year, in a day, or in an hour. The sea changed, the fields changed, the rivers, the villages, and the people changed. Yet Egdon remained.

——*The Return of the Native,* p. 7

若有人問我爲什麼居然會喜愛上翻譯，我的回答是：我就是看了這幾段譯文，才愛上了翻譯。

三十四、形，意，神

我拙於繪事，即便繪一鷄蛋，亦望之不似，但亦嘗聞畫師之言曰：「畫之下者，得其形；畫之中者，肖其意；畫之上者，傳其神。」又聞中國南派，或曰文人畫派，或以今日新名詞稱之爲印象派，此派大師千古高人蘇東坡論畫時曾說：「畫若求形似，見與兒童鄰。」

所謂「歐化」語法者，一般用以指中國文字按英文語法組句之方法，而歐化文體者亦即形似英文之中文。如果人間有 Chinese English，莫謂孤芳自賞，亦有 Anglicized Chinese，並肩稱怪。若執此一端而論，遽謂 There is nothing new under the sun，吾不信也。

各國各有其語言文字，而其語言文字之表達方式，大體說來，乃是一種習慣，既言習慣，便非是純理性，既非純理性，便各有其違背理性之特點。此等特點，雖非千古不變，但其改變，遠不若物質文明諸器物改變之迅速，其國人甚至對語文改進一事，持極爲保守之頑固態度，一似人之理智已昏沉癱瘓，已絲毫不生作用。此種語言上之荒唐特點，本國人則習以爲常，視若當然，毫不以爲怪，若強令改革，反而感到大不自然，甚或以爲怪異，甚或勃然大怒，一若其自尊心受到傷害者。若英文動詞第三身單數現在式之文尾加 s，法文無性名詞之硬分陰陽性，如書 (le livre)，桌子 (la table)，眞會把人氣炸了肺。其他句法組織諸種特別之處，眞是不一而足，也可以說屈指難計。

這些各種語言文字在表現法上之特點，自然是表現在語文之外形上，翻譯成另一種文字時，這些特點若在譯文中硬是予以保留，便傷害了譯文的自然。但是翻譯如繪畫，做到形似的畢竟是初段（當然不上段的人更多），而初段功力的人畢竟是比高段功力的人多，所以惡劣的譯品在譯書中自然佔多數。但是形似在好多情形時不是意似。比如「良人」不是 good man，而是 husband；「佳人」也不是 good man，而是 a beauty；「你不是東西！」不是 “You are not a thing!” 而意思是辱罵詞，意爲 “You are worthless!” 等意。而英文之 Both sisters are not here 實際等於 Not both sisters are here，也就是 Only one sister is here。又如 Everybody cannot be rich，意思不是 Nobody can be rich，而是 Not everybody can be rich（並非人人可以致富）。

由上可見形似有時不是意似，亦卽雖能把握住形似，欲求意似而不可得。卽便意似，也僅僅是庸品，離傳神尙遠。欲求傳神，則必須在把握原意之後，在文字的風格上再使譯文逼肖原文。原文平淡，譯文以平淡出之；原文華麗，譯文以華麗出之；原文險怪，譯文以險怪出之；原文簡練，譯文以簡練出之；原文村俗，譯文以村俗出之；原文艱澀，譯文以艱澀出之；原文富有陽剛之美，譯文仍須富有陽剛之美；原文富有陰柔之美，譯文仍須富有陰柔之美；原文富有節奏和諧之美，譯文仍須富有節奏和諧之美；原文簡截了當，譯文不能迂緩；原文縝密，譯文不能粗疏。可以說，翻譯固不僅求達意，亦在求如何表達原意。譯文與原文在風格、筆調、節奏、繁簡、雅俗等方面相似，譯文始足以言傳神。欲產生傳神的譯品，要有兩個條件。第一，是要能感受原文的風格，第二，是在譯文時要具有寫同樣風格文字的能力。讀原文能在情節故事之外，尙能感覺文字的風格，只有少數人有此本領。幸而有此本領，又必須在譯文上功力足以與之匹敵，此等人才自然少之又少，故傳神之譯文不可多見也。

上面偶以畫理形意神借以論翻譯，謂譯之下者得其形似，譯之中者得其意似，譯之上者得其神似。

後又稍加思索，復覺畫若僅求形似，畫犬馬而得犬馬之形，即僅爲此，亦尙不失爲犬馬。若翻譯則不盡如此。凡原文之含義僅由字面之意義便足以表達者，苟譯者之譯文僅得原文外在之形，亦大致可得其內在之意。此類之最簡單者如 Everybody loves money. This is water. 之譯爲「人人愛錢」，「這是水」，皆是。但 All men are not happy 意思爲 Not all men are happy，意爲「並非人人都快樂」，即「有人快樂，有人不快樂。」再如 I do not like all of them，意爲「我並不喜愛他們每個人」，亦即喜愛某幾個，不喜愛某幾個。這類句子譯者即便翻譯得其外形的含義，卻失去眞正內在的含義。所以翻譯時在譯文上求其與原文形似，有時得其意，有時失其意。繪畫求形似，至少不失原物之形貌，翻譯則不然。

翻譯至少當求意似，就是要說原作者的話，若不能達意，其他一切皆歸白費。若求意似，因兩種文字性質不同，只求保持原文獨特之形式，反而不能達意，若求達意，反而必須捨棄原文之外形。一九六一年牛津大學與劍橋大學出版部所印行之《新約全書》，在其序言中再三表明譯文不求與原文表面形似。其中曾說:

> The older translators, on the whole, considered that fidelity to the original demanded that they should reproduce, as far as possible, characteristic features of the

language in which it was written, such as the syntactical order of words, the structure and division of sentences, and even such irregularities of grammar as were indeed natural enough to authors writing the easy idiom of popular Hellenistic Greek, but less natural when turned into English.

——Fidelity in translation was not to mean keeping the general framework of the original intact while replacing Greek words by English words more or less equivalent.

——Thus we have not felt obliged to make an effort to render to same Greek word everywhere by the same English word. We have in this respect returned to the wholesome practice of King James's men, who (as they expressly state in their preface) recognized no such obligation. We have conceived our task to be that of understanding the original as precisely as we could and then saying again in our own native idiom that we believed the author to be saying in his.

這篇序文中特別強調忠實不是字對字，不是在求形似中求意似。是要以譯文中通順的話，在逼肖原文含義之下頂換進去，原文的句法形式並無須死板的遵守，亦步亦趨的愚忠愚孝模擬，大可不必也。

至於神似，我想仍是風格的逼近原文，才能神氣逼肖原文。拿英國浪漫詩人威廉・華滋華斯的 *The Reaper*（〈割麥女〉）來說吧:

THE REAPER

Behold her single in the neld,

Yon solitary Highland lass!

Reaping and singing by herself;

Stop here, or gently pass!

Alone she cuts and binds the grain,

And sings a melancholy strain;

O listen! for the vale profound

Is overwhelming with the sound.

這首詩，正像華滋華斯的其他的詩，是用淺顯文字的素描體，絕不同於彌爾頓〈失樂園〉的莊嚴，文字也不那樣深奧。譯成中文時，便不宜於用艱澀的文句。試看胡光廷用五古的漢譯：

瞻彼高原女，原田寄幽獨!

且歌且刈禾，時止時移躅。

自歌自束藁，曼度凄愴曲；

凝神試竚聽，清音盈邃谷。

用五言詩翻譯，最易陷於呆板。其中「瞻」、「刈禾」、「移躅」、「束藁」、「試竚聽」，皆不够通俗。譯華滋華斯的詩，當取法白居易、陶淵明，風格乃相近。試看郁達夫在他的短篇小說〈沉淪〉中此一首詩的漢譯：

你看那個女孩兒，

她只一個人在田裏，

你看那邊那個高原的女孩兒

她只一個人冷清清的!

她一邊刈稻，
一邊在那兒唱個不停；
她忽而停了，忽而又過去了，
體態輕盈，風光細膩！
她一個人，
刈了，又重把稻兒細起，
她唱的山歌，頗有些悲涼的情味；
聽呀！聽呀！這幽谷深深，
充滿她歌唱的清音。

郁達夫譯這首詩時，大概二十幾歲，譯得雖稍欠琢磨正確，卻比前面的五言詩譯得好，不那麼死板，不那麼艱澀，風格距原詩稍近。郁達夫絕句作得更見才氣，頗像薄命詩人黃仲則的詩。他若以長短句譯出，可能會更爲傳神。

再有歐陽修的〈浣溪沙〉：

青杏園林煮酒香，佳人初試薄羅裳。
柳絲搖曳燕飛忙。
乍雨乍晴花易老，閑愁悶悶日偏長。
爲誰消瘦減容光？

吳經熊氏的英譯如下：

A DESERTED GIRL　　Teresa Li 譯

In a garden of green apricot,
Where fragrant wine is boiling in the pot,
A pretty one is donning her new robe of gauze.
Willows are swaying like silken threads,

Swallows darting to and fro without a moment's pause.

Fitful sunshine, fitful showers,
How they hasten the ageing of the flowers!
Idle sorrows, idle yearnings,
How they slacken the passing of the hours!
For whom, I wonder, is she waiting?
For whom is she paling and fading?

眞是神氣逼肖，令人歡喜讚嘆，形似意似神似都做到了。

三十五、敏　感

人之長處，到底多少分得自遺傳，又多少分得自後天學習，專家學者雖仍竭力研究，但仍未有如數目字之精確說明。教人者每以前輩口氣鼓勵後輩曰「有志竟成」，「精誠所至，金石爲開」，又俗語云「鋼梁磨綉針，工到自然成。」這些話究竟是鼓勵作用大，而實用價値小，所含的智慧成分，實嫌太低。試問又矮又胖，怎麼學跳高欄，就是跳低欄也嫌腿短吧?

心中常想，不管學哪一行，對那一行也要從娘胎裏帶來幾分敏感，若叫做「天才」，也許相差不太遠。不過用天才二字指自已，未免顯得太張狂，用以稱別人，倒令人聽著滿高興。三句話不離本行，比如談到翻譯，難道也需要什麼敏感嗎?我的回答是：很需要。因爲翻譯人家的文字，有的內容不知何所指，有的字面不知何所指。眞正不知道並不可怕，可以查書，可以問人，越是專門深奧的東西，越不容易譯錯，只有譯得好壞之分而已。可怕的是遇到的東西，表面看來無難解之處，照字面意思翻出，卽可了事，因爲覺得與上下前後語句並無不相銜接，並無悖謬不通。哪知正錯在此等地方。還是那句俗話：「平居切莫說無妨，剛說無妨便有妨。」那如何才能避免此種錯誤呢?據個人體驗，這時譯者所需要的是幾分敏感。姑且舉幾個粗淺的例子：

> The whole country is stiff with black ice. I hear naught but the moaning of the bitter autumn blast, beneath which all vegetation has disappeared, I cannot sleep at night.

這段英文翻譯的原文是「胡地玄冰，邊土慘裂。但聞悲風蕭條之聲。涼秋九月，塞外草衰，夜不能寐。」是〈李陵答蘇武書〉中的幾句。vegetation 千萬不可以爲是 vegetable，因爲塞外蒙古不會在窮沙大漠上種蔬菜。不管 vegetation 做何解，至少不是當「蔬菜」解，因爲於理欠通，一查字典才知當「草木」解。有人到亞熱帶一看，發現 It was full of dark green vegetation and fruit trees。vegetation 縱然是個生字，但絕不會亞熱帶遍地是深綠色的蔬菜。若對文字有敏感，而懷疑其眞義，則勤翻字典，一查便知。此處自當做草木茂盛解，於理方合。

再如做酒，必需好水。最近遇到一篇文章，裏面談到釀酒，說用糯米，用酵母，還有 pure spring water。而譯者卻譯成純淨的「春水」。在此應當譯做「泉水」呢？還是譯做「春水」？仍然需一點兒敏感來辨別選擇。這種敏感自然也需要幾分常識，或普通的情理。

林語堂在論翻譯時，說宴會餐桌子上有 parson's nose。論字，不是生字。論意思，出現在飯桌子上，怎麼會是「牧師的鼻子」呢？於情理實在不通，離勉強還差十萬八千里。字面雖是「牧師的鼻子」，譯者必須憑幾分敏感而懷疑其表面的意義。辦法仍然是去問，去查，結果原來是指「鷄屁戶」，是飯桌上大家都不肯吃的那件東西。

在一本叫什麼《萬用英文手册》上有一封信，因老朋友榮任某大公司人事部主任，乃寫信去道賀，信中有一句，I am sure you will go places，而譯文居然是「閣下物色人才，必將遠行。」如無敏感，讀此譯文，必然完全接受其文意。但英文 go places，究竟似乎不尋常。美國書在臺灣翻印，必然不會是手民誤植字母的錯誤，go to places 才對， to 不可能漏掉。必是原版上即無此字，既以敏感之心懷疑此處，即不致輕易接受別人的說法，自己也不會望文生意而強做解人。等一查字典，才知 go places 做 become successful 解。

我也見過有人譯《聖女貞德傳記》上的一句 She was in no wise different from other girls when she was a child，譯成「她童年時，比起別的女孩子，並無特別聰明之處。」其實對 wise 一字做名詞用，稍微感到懷疑而肯去查一下字典，便立刻知道 in no wise 意思即是 by no means，自然不當「聰明」解了。

總之，人生也有涯，而知也無涯，自己永遠有不知道的東西。既然自知不知，當然去查考，因此犯錯的機會倒不多。壞是壞在以爲自己知道，其實是誤解。若有幾分敏感，審情度理，覺得與情況不合，因而興起思索推究進而查證之意，則因誤解而誤譯之處，自然即可避免。但偏偏有人硬是缺乏敏感，說是盲人瞎馬，未免言重，但過出無心，他卻是當之無愧了。

三十六、口　譯

一般人談翻譯之難易，往往指筆下文字之翻譯，其實口頭之翻譯亦有其難易甘苦，豈可輕視。個人並不以此見長，亦深知其難處，至於經驗，只有數次，而且並非全係輕鬆愉快。有的至今思之，仍覺尷尬，有的尚覺後怕，輕鬆愉快者倒不多，也許是日久已然淡忘。

在大學讀英文系雖有與洋人說英語，和自己上臺講演的經驗，但在大庭廣眾之間， 在講臺上站在洋人旁邊做翻譯， 究竟是另一番滋味。

記得第一次做翻譯，是在教會裏。事前聽說要給洋人翻譯，便緊張起來，因爲講演的內容，洋人的發音，洋人的腔調，完全不知。於是在講演之前，先與洋人碰面。一見面，心中一塊石頭落了地。原來是一美國少女，而且在美國職業是小學老師 。 發音極清楚 。講演之時，語句簡短，用字規矩，如老師對小學生說話。我站在一旁翻譯，頗覺得是大人說小孩子話，似乎輕鬆得心裏要想別的事。這是第一次經驗。够得上「輕鬆愉快」四個字。

第二次成了「秀才遇見兵」。這位兵是美國駐在東京的空軍，到臺灣來度假。星期天心血來潮，到禮拜堂走走。牧師把他請上臺，硬要他講演。 我也硬被抓上去。 結果他發音極怪， 不知是美國哪州的音，又加上牙齒有問題，再加上許多日本的人名、地名、街道名，我便如墜五里霧中，又像丈二的羅漢，伸手摸不到頭腦，硬是站在他身旁發獃。請他再說或解釋，純然是白費，我請臺下其他平時也給牧師做翻譯的弟兄上來接替我翻，他們一看我觸了礁，更不敢上來。我既聽不懂，翻不出來，不便敬陪，只好訕訕的走下來。

第三次很風光。是美國總會的會長級人物光臨，要開大會，數千人參加，牧師愼重安排，特約我翻譯，我苦推不掉。後來一打聽，講演人是哲學博士，學文學的，心中才安定下來。因爲此人文字必然講究，發音必然標準，構句必然簡潔。重要日子來到，我和他並肩站在臺上，下面烏壓壓都是人頭。講演剛一開始我確是有點緊張，但轉眼就平靜下去。果然不出所料，他的用字、構句、發音，都無疵可指，引用耶經文句典故皆爲極明顯普通者，並無難處。我把文義聽懂之後，立刻用通順，也可以說是臨時想到或自以爲通順的中國文句譯出。全局平安通過。事後許多人說翻得好，不像翻譯。誰都喜歡人在自己臉上貼金，人說翻得不像翻譯，我大喜。不過，且慢，緊張一忙則出錯。我剛才說一開始時有些緊張，果然出了錯。不過是有趣的一點兒錯。原來教會普通聚會都是男女同堂，所以講道第一句照例是「諸位兄弟姊妹們。」但是這一次人多，大禮堂坐不開，乃男女樓上樓下分坐，我擔任翻譯是樓上，完全男人。我聽見講演人開口說 My dear brothers，卻不知爲什麼口頭卻譯出了「諸位親愛的兄弟姊妹們」。一看在座無有姊妹，言如出箭，入耳難拔，旣然說出，只好由他。足見 To err is human; to forgive, divine. 不無道理了。

另有一次，頗爲驚險。數年前，世界詩人大會第一次在臺灣開。有立陶宛流亡女詩人自倫敦來臺參加。因係反共歐人，某軍事學校請她到校講演。翻譯一事又成問題，東謙西讓，又落在我身上。此次我因故頗不願擔當此一任務，但又不便明言，存心「甩大鞋」，翻就翻，好壞不管。但友人潘君，爲人仔細，私下力勸不可馬虎，仍須盡力。下週一講演，潘先生週日晚才探聽出此女詩人住址。第二天上午一同到自由之家往訪。一聽口音，雖不純粹英國音，尚不致大舌頭亂轉得利害。一問講演詞內容，說談歐洲反共及巴爾幹半島共產國家集中營情形。問有無講演稿，說沒有，隨時發揮。又說尚有英詩二首，隨同講演發表。我一看情形不妙。所講不只是發揮大意，而是言之有物，必有巴爾幹半島若干人名、地名、人數、地方的距離，而且專名均非英文，她講時我都必然聽不懂是人是地，數目字如秋風過耳，焉能記住。英詩，尤其現代詩，往往是天書謎語，百思尚且難解，一聽如何能通，即便能通如何立刻譯得有音韻節奏之美。趕緊替洋人出主意，「何不將稿子打字打出來？」洋人大喜；說此也省得她自己苦記。於是她打，打完給我過目。果然人名、地名、日期、數目字一大串。詩正像現代詩的非凡人可解。思之思之，勉強自做解人，大膽譯成中國大致押韻的詩句。立即持稿跑去複印，趕回來，汽車已在樓下等著上車出發。

講演會一開始，我先介紹這位女詩人。然後她講我聽，在講稿上注意她大概講到哪一行，等她講完，好預備照念數目字、專名詞，其一般文句，即照聽到的譯出來。平時覺得有幾分出口成章，落筆成文，等在臺上當眾一翻譯，自己的本領打了折扣，用詞語時「左右逢源」之樂，比平時略有遜色，但還不至「搜索枯腸，莫得一字」的程度。大概由自信的十分才，落到了七分才。但還不曾碰硬釘子而已。

聽講的頗多大官，說好的，說譯得流暢，並且連講演者的情緒也傳達得出來。是不是？我不知道。但自己相信，若錄音之後英漢比較，毛病是不難找到的。

一般做翻譯的禁忌，就是：不是本行的東西不翻。翻譯是把原文吃下去，消化了，再譯出來。吃不下去、下去而消化不了的，不譯。筆下尚可查考，口頭則是現世報了。

三十七、《翻譯之藝術》讀後

我國在六朝時，諸高僧翻譯佛經，已漸究心於翻譯之理論，至宋，僧人法雲始著《翻譯名義集》一書。民國成立後，西洋文化大量東流，翻譯之事大盛，然論翻譯之書並不多見，至民國二十年左右，張其春《翻譯之藝術》一書始由上海開明書店印行問世。本書視翻譯爲藝術，並非技術，其理論云：「或曰：譯文與原著，猶水之與酒；一則清淡無味，一則滋味醇厚。其實同屬創作，何嘗無醇酒淡水之分？夫譯文之變水也，必隸下乘，豈可與上乘者混爲一談？凡上乘譯品，不啻創作。惟其寓創作於迻譯之中，故原文之眞之善之美，方能保持不墜。」本書行文，富有六朝駢儷之美。所論翻譯，以漢譯英爲主，偶舉日法文爲例。全書共分三章。第一章論音韻之美，第二章論詞藻之美，第三章論風格之美。立論甚高，引例尤爲豐富，平日所不易見者尤多。所引中國詩文詞曲，多係言情寫景純文學名作，無一不可諷誦，皆令人百讀不厭者。第一章所引如秦觀之〈滿庭芳〉：

山抹微雲，天黏衰草，畫角聲斷譙門。

暫停征棹，聊共引離樽。

多少蓬萊舊事，空回首，煙靄紛紛。

斜陽外，寒鴉數點，流水繞孤村。

消魂，當此際，香囊暗解，羅帶輕分。

謾贏得青樓薄倖名存。

此去何時見也，襟袖上，空染啼痕。

傷情處，高城望斷，燈火已黃昏。

C. M. Candlin 之英譯標題爲 *Fickle Youth* 如下：（頁六五）

Thin clouds obliterate the hills.
Outlined against the sky
Is fading grass.
The horns of guards
No longer sound
From out the watch tower high.
I rein my steed
To drink a cup of wine;
And many old romances come to me
Like clouds and mist.
Beyond the setting sun,
Like tiny specks,
Are winter crows.
Around the lonely village flows
A stream.

My heart is melting now.
Her fragrant purse detached
She gives to me:
A silken girdle rent in two.
Amidst those in the past
The name I won

Was "Fickle Youth."
When shall we meet again?
My sleeves are dyed with parting tears,
The hour is sad.
The towering city walls
Are out of sight.
Dim lighted lamps shine through the yellow dusk.

——*The Herald Wind*, pp. 58-60

我國「國歌」亦有英譯，其一爲：（頁六七）

San Min Chu I
Our aim shall be,
To found a free land,
World peace be our stand.
Lead on, Comrades, vanguards ye are!
Hold fast your aim by sun and star!
Be earnest and brave,
Your country to save.
One heart, one soul;
One mind, one goal!

此類詩詞引證甚多，眞是美不勝收。

第二章詞藻之美所引之資料尤多。所引之詩句亦極優美，如：

綠依依牆高柳半遮，靜悄悄門掩清秋夜，

疏剌剌林梢落葉風，昏慘雲慘際穿窗月。

——《西廂記》

熊式一氏英譯爲：（頁一八一）

Green indeed are the willows which half conceal the high wall.
Profound is the silence of this beautiful autumn night outside the door.
Gentle is the breeze which makes the leaves fall from the branches of the trees.
Melancholy are the rays of the moon in the clouds as they pass through the window.

——熊式一譯 *The Western Chamber*, pp. 213-214

再白居易〈琵琶行〉中之「醉不成歡慘將別，別時茫茫江浸月」，吳經熊氏譯爲：（頁一七九）

The more we drank, the deeper we sank in despair,
For every cup brought our parting nearer,
At last, as I stood up to say goodbye,
I saw the pale face of the moon in the river.

——吳經熊譯 *The Four Seasons of T'ang Poetry*

第三章言風格之美。言西洋文學，無人不知有古典派、浪漫派、象徵派、寫實派、自然派、唯美派；然論譯文之美，張其春氏亦分爲如上各門派，並不將翻譯視爲機械死板之事，而將某一派定爲一尊而入主出奴之，尤具卓識。其古典派之特點爲：尊傳統，重規律。浪漫派則憑主觀，重感情。象徵派則重含蓄，尙聯想。寫實派則憑理智，務實際。自然派則重模倣，輕技巧。唯美派則重藝術，求至美。其舉例皆可玩味。如：

1.情人眼裏出西施

自然派——Hsi Shih comes from the lover's eye.——吳經熊（頁二三八）

古典派——Every girl may be a Helen in her lover's eye.（頁二三九）

2.行一步兒可人憐。解舞腰肢嬌又軟，千般裊娜。萬般旖旎，似垂柳在晚風前。（《西廂記》）

自然派：熊式一譯（頁二五〇）

Every step she takes arouses one's affections.
When she moves, her waist is as graceful and supple as that of a dancer,
With a thousand attractions and ten thousand charms,
Like the drooping willow in the evening breeze!

——*The Western Chamber*, p. 11

唯美派：林語堂譯

Now she moves her steps, cunning, pretty,
Her waist soft like a southern ditty,
    So gracefully slender,
    So helplessly tender,
Like weeping willow before a zepher giddy.

——*My Country and My People,* p. 265

本書僅厚二百七十頁，但立論之高，文字之美，材料之富，實堪成一家言，我國論翻譯之書，迄今尙無一書足以望其項背者。論翻譯而有此佳作，眞令人歡喜讚嘆不置。如手下無此書，典褲子當襖砸鍋賣鐵，不可不買也。

三十八、英文《新約》的新譯本

近來又偶然翻閱友人贈與的牛津劍橋兩大學出版部出版的 *The New English Bible* 的 *New Testament* (1961)，又把已看過多次的序言重看一遍。我看書最愛看序，因爲作者既然費盡心血寫完了一本書，必不肯草率敷衍寫一篇序，因此我相信序言中必有重要的話說，而且說得很漂亮。這本新譯《新約》耶經的序仍然證明我的話沒說錯。耶經之屢有新譯本出現，有兩個原因：一是在原文（舊約的原文是希伯來文，新約的原文是希臘文），在原文方面發現了新資料，改正了以前某些文句的含義，爲改正錯誤而新譯；一是英文文字隨時改變，或曰進步，三百六十多年前，也就是約在我國明朝時，傑姆斯王欽定本（西元一六一一年）的文字已然太老，沒有八十年前那麼易於了解了，因爲近百年來英文的改變加快了速度，所以需要一個現代英文的譯本。

譯耶經和中國六朝譯佛經有個相同之處，卽不是個人的創作，而絕對極大部分是集體生產。因爲既是經典，便以微言大義爲重，譯文絕不許錯，不容許個人有獨特的看法，必須大家審查通過，所以態度之嚴肅遠超過譯普通書、普通的小說、散文、詩歌。這是中西一致的。所以譯耶經時先要一個健全組織。大約是這樣組織。若干耶經會構成一個聯合委員會，該會邀請各英國大學合格的耶經學者，組成一個小組會，每一個小組會會員譯新約上某一本書（如馬太福音，或馬可福音），其英文譯稿，以打字形式，交由各小組會員審閱。然後圍桌開會，討論譯稿，逐句逐節討論。每位會員根據希臘文原稿之含義，發表對同事英譯之意見。如此討論直到大家意見一致爲止。也有些段文字，以大家現有之知識，不敢確言其含義爲何，或幾個見解不同，不敢確言孰是孰非，則譯成其中一種含義，其餘各條保存於附註之中。但只限於非常重要之處才如此。既然如此決定，每一個會員都有不得不被迫而將對某些文句很珍惜的看法，要忍痛割愛。但是每人都會從別人的翻法得到益處，因爲大家工作的目標一致，所以必須遵守紀律。結果是，大家對譯文都負有責任。

另一點重要的是，文字的藝術問題。因爲學問好，並不見得文筆漂亮，所謂義理考據之外，還有辭章一項，也就是文筆如何。

在翻譯之時，絕對用現代英文，就是要自然的語彙、句法、節奏。避免古語、怪僻語、浮誇或馬虎不精確的說法。在風格方面，委員會又成立了一個文學顧問小組會，翻譯的稿件必須交與此顧問小組會。此小組會也是將譯稿逐句逐節仔細檢查，不厭其煩，務求節奏、語氣、文字的程度，全都適合新約中各書的性質，就是說，要適合於敍事、閑談、論辯、修辭、詩歌各特點。但是最重要必須做到的，則是正確清楚。最後這兩個小組會，一個負責內容含義的，一個負責文字的藝術性的，必須雙方對譯文同意才行。

再就是翻譯的理論。

第一，以前的翻譯者，都以爲忠於原文字的特點就是忠實，如句中字的前後順序，句法結構以及斷句方式，甚至文法特點。殊不知此等文法特點在原來希臘文字中甚爲自然，譯成英文便不自然。而今則以現代的英文成語句法代替希臘文的成語句法。就是保持原文結構不予變動而以相當的英文字換進去，並不算忠實。

第二，譯者不能希望找一個相當的字，把原文中某一字之多方面的含義及暗示，與引起之聯想，完全表達出來。他若有自由多用若干個英文字，則容易把原意表達出來，於是卽不必在英文中苦尋一個與希臘文相似的字去代替。這樣一來，又回到西元一六一一年傑姆斯王欽定本的老譯法去了。（欽定本序言中曾特別表明此點，就是說，譯者不負責求譯文與原文要字字符合。）譯者只要盡其所能了解原文，然後用熟練之英文表達之，假定原作者若會英文，他怎麼說，譯者也那樣說， 也用那樣自然的英文說。 但是這樣譯法， 不求與原文亦步亦趨，則不能用僅求與原文字面相似的那種模稜兩可的譯法，則必須做分明的決定，沒有做模稜兩可的說法那麼安逸了。但是他們決定冒險，不願騎牆保持曖昧的態度。

最後序文中說：㈠可懂的翻譯都有幾分意譯。㈡最簡單的原文譯成另一種文字都會把人難倒。因爲原文其含義豐富、微妙，在譯文中所用的字表現得沒有那麼多的方面。

以上洋人所說，深入而切實，尤其「忠實」的眞義，啟人深思。他們注意到「信、達、雅」，也注意到「考據、義理、辭章」了。

三十九、欣見另一本《聖經》

耶經，從宗教與神學角度看，是「神聖的經典」，從世俗人的眼光看，是古希伯來民族的文學（尤其是舊約）。英文一六一一年的譯本，更是英國文學的瓌寶。但是漢譯本的《新舊約全書》，雖然在基督教的教徒心目中是很重要的《聖經》，在不信基督教的人看來，總無法把這本書看做是文學名著，不能像英語民族看一六一一年譯本耶經一樣。唯一的原因是中文譯文僅做到「辭達而已矣」，言之不够其文也。因爲不論原文好到何等程度，讀者的眼睛所看到的，耳朵所聽到的，卻是譯者的文字。如果譯文甚糟，原文的文字之美，又何從得見？中國人演莎士比亞名劇，我很少有勇氣去看，因爲中文譯文往往令人肉麻。我願在此再重複我以前說過的一句話：讀者不要以爲自己讀的是第一流世界名著，除非那譯者也有第一流的文筆。

現在再回到另一本《聖經》。有了這一本漢譯耶經，我覺得鼎鼎大名的耶經是文學作品了，我感覺到了。這本《聖經》不是別的，正是天主教「思高聖經學會」譯的那一本。比基督教多年來沿用的《新舊約全書》往前跨躍了一大步。我從自來水喝到山泉了。感到文學的芳香氣息了。

上星期從中國文化學院下山，與劉鴻愷神父同車同座。談到耶經譯本，承他推薦這個譯本。這個譯本是在當年由大陸上開始翻譯，大陸變色，繼續在香港翻譯。民國五十七年在香港初版印行。六十六年五月在臺初版。關於這本《聖經》的漢譯，讀者千萬不要以爲是由英譯漢，因爲英文本也是譯本。做翻譯在最高原則上是由原文譯成另一種文字。所以本書翻譯是根據原文，卽古希伯來文、阿拉伯文、希臘文。執筆翻譯的是幾位山東神父。書上並沒註明他們的大名。這個新譯本是根據天主教的《聖經》譯本徹底修訂，舊約部分可以說是重新翻譯。將艱澀的經文稍加修改。聖詠的翻譯放棄了過去用無韻文的辦法，改用韻文翻譯。他們有聖職的人說，這樣翻譯的目的，是「爲了在儀禮上便於誦讀」，但在我們俗人看來，卻喜見這樣翻譯增加文字的聲韻之美，又向美的文學方向邁進了一大步。還有，將聖詠集的譯詩，改爲分行排版，看來十分悅目。書上題字「聖經」，「舊約」，「新約」六個字，是臨自「大秦景教流行中國碑」的碑體，足見在預備這部書出版時，是充分注意到美了。此外，有挿圖、有註解，每一卷前有引言，後附有教義索引，再後有聖經與同時代中國大事年表，最後有地圖。

新書到手，一時尙難細讀，但隨便翻翻，觸眼已然有些可喜愛的文字。隨便引些如下：

英譯本 (*The New Berkeley Version in Modern English*):

Yonder is the sea, vast and broad;
in it are swarms too many to number,
creatures tiny and large.

——*Psalms* 104: 25

天主教《聖經》新譯本：

看，汪洋大海，一望無際，
其中水族，不可數計，

大小生物，浮游不息。

吳經熊先生的《聖詠譯義初稿》譯詩:

相彼蒼海，浩蕩無垠。

鱗族繁滋，巨細咸陳。

以游以泳，載浮載沉。

而老舊的譯文則談然無味了:

那裏有海，又大又廣，其中有無數的動物大小活物都有。

此新譯本之視吳氏譯文，亦無多讓。再看第一一五首:

英譯:

Their idols are silver and gold;

they are the work of human hands.

Mouths have they, but they cannot speak;

eyes, too, but they do not see.

Ears they have, but they cannot hear;

and noses, but they cannot smell.

They have hands, as well, but they cannot feel;

and feet, but they cannot walk;

neither do they produce any sound in their

throats.

天主教新譯本:

外邦人的偶像無非金銀，

不過是人手中的製造品:

偶像有口，而不能言，

偶像有眼，而不能看。

有耳，而不能聽。

有鼻，而不能聞。

有手，而不能動。

有脚，而不能行。

有喉，而不發聲。

吳譯:

豈同若輩手製之偶像兮，

乃金銀之所成。

口不能言，耳不能聽。

目不能視，鼻不能聞。

手不能握，足不能行。

雖具喉舌，寂寂無聲。

我知道有很多沒讀過《聖經》的人。也許有很多人以爲《聖經》是本宗教性的書，是枯燥無味教訓人的書。不然，不然。從宗教觀點看，自然是本宗教書，若從文學觀點看，卻又是一本富有高度文學價值的書。這個新譯本不管是詩，是散文，都遠比舊譯本好。因舊譯本不在手下，暫不引證。下面抄一段愛情詩歌做結吧!

英譯:

My beloved sings, and he calls to me:

Arise, my love, my beauty, and come along with me;

For lo! the winter is past,

the season of rain is over and gone.

the flowers appear on the earth;

the season of singing has come,

the voice of the turtledove is heard in our land.

The fig trees are putting forth their figs,

and the vines coming into blossom

are giving forth their fragrance.

Arise, my love, my beauty, and come along with me.

(*Song of Solomon*)

新譯本:

我的愛人招呼我說:「起來,我的愛卿!快來,我的佳麗!看,嚴冬已過,時雨止息,且已過去;田間的花卉已露,歌唱的時期已近。在我們的地方已聽到斑鳩聲;無花果樹已發出初果,葡萄樹已開花放香;起來,我的愛卿!快來,我的佳麗!」

這和中國《詩經》的〈關雎〉愛情詩有何不同呢?我願向愛好文學的朋友推薦這本新譯《聖經》。

四十、賽譯《水滸傳》

(一)

《水滸傳》的英譯本，就我所知，有英美三譯本。英譯本是由英國人J. H. Jackson 譯的（1937），*Water Margin*，譯名是夠忠實的，但也和中文「水滸」二字一樣意義含混不明。書是由上海商務印書館出版的，今日在臺灣已不易見到。賽珍珠之英譯本（1933）名爲 *All Men Are Brothers*，其含義當然是指梁山泊一百單八將之情如手足，亦《論語》「四海之內皆兄弟也」之意，是顯而易見的。

賽珍珠的英文名字是 Pearl S. Buck，隨同父親在中國生長，父名 Knickerbocker，爲傳教士，先在安徽後到南京，她算是在中國長大，後來嫁 Lossing Buck 教授。她曾用英文寫過以中國農民生活爲內容的小說，最有名的是 *The Good Earth*，她以這本小說得過一九三二年的普立茲獎，也以中國內容的小說得到了一九三八年的諾貝爾文學獎，尤其她以中國文化與人物爲素材而寫作，故在中國名氣甚大，她去世大概是一九七三年。她譯《水滸傳》不是看著原書譯，而是由別人讀給她聽，她一邊聽一邊譯成英文。把不能懂的文句或書中的典章制度，她請教兩個中國人。林語堂說她的中國話說得流利，這話大概是眞的，因爲她在中國長大。但是中國話流利卽能譯《水滸傳》譯得精確，則並不能令人相信。而且幫她解解《水滸傳》中難處的那兩個中國人的中文也恐怕大成問題，這個，賽珍珠當然不知道，這也是她譯《水滸傳》的中文條件不够的緣故。一個翻譯家自己要是對翻譯的書了解不够，所恃爲援助的中國人的中文又不高明，再只憑口述而率爾動筆翻譯，其錯誤之多，是在意料之中的。而她這本英譯《水滸傳》，就是今天在臺灣書店中流行的英譯《水滸傳》。

《水滸傳》，這本中國文化人與非文化人非常熟悉的大眾化的文學名著，說實話，眞正把此書內容完全弄清楚的人並不多，因爲其中有元朝的土話，有元朝的官職、官衙、兵器、地方場所、社會江湖等等的專稱，一般看小說只看誰死誰活，誰去注意那些古老的稱謂？可是要做翻譯，便要眞懂，便須心細如毛，眼亮如炬，手巧口巧，又要有十分耐性。這在賽珍珠自然條件不合。她最好的條件，自然只是她的英文，也只有此一端而已。這本書她翻得並不好，連威托瑪的羅馬拼音她都沒有全用對，如林冲的林，她的羅馬拼音卻是 Ling，豈不成爲地軸星轟天雷，凌振的凌了嗎？有人曾把這些癬疥之疾的小毛病寫信告訴她，在後出一九三七年的修正本中，她在序言中說這並不關重要。因爲在國外看她的英譯本的不懂中文，不能看中文原作；而在國內完全看懂原文的（當然不多），又很少看她的英譯本，所以她的錯誤便少有人指給她，直到她去世，她還不知道自己犯了那麼多的錯誤。

老友戴晃倫（戴粹倫先生之兄）雖生在吳儂軟語的蘇州，卻豪爽粗獷，有古燕趙俠士風，酒量大如海。早年在東吳大學畢業後，在上海公共租界任秘書多年，來臺後任陸總編譯處長及海軍官校英文系主任。一盃在手，豪興萬丈時，快讀賽珍珠之英譯《水滸傳》，與中文原著對照之下，發現英譯本錯處極多，曾摘要錄出，並用英文予以更正，其全文名爲 *On Pearl S. Buck's Translation of Shui Hu Ch'uan*。大概看來，譯錯之處可分爲兩類，一爲有關中國元朝之典章制度等術語，如「殿前太尉」、「小蘇學士」、「經略府」、「五花度牒」、「化主」、「五千貫」、「渾鐵筆管槍」等等，這些術語，卽便中國普通讀書人也未必眞懂，何況美國人。但做翻譯卻不能馬虎。這些術語譯錯，雖然情有可原，卻終不免於是錯誤。另一類錯誤卻不可原諒，因爲是把普通文字的意思弄錯，如楊志賣刀時，說刀「快」，「快」是 sharp，而英譯爲 swift；「阮小七便去船中取將一桶小魚，約有五七斤」，是一共五七斤，而英譯本指的是每條五七斤；「宋江辭道止酒」，是推辭，而譯爲告辭 said in farewell；「若得一人到潁州取得小弟家眷上山，實拜成全之福。」「小弟」是中國男人自己的謙稱之詞，而英譯竟成 my brother，大成笑話。

關於此兩類錯誤，戴著中指出甚多，頗多有趣之處。

（二）

《水滸傳》中典章制度器物等專稱，由於去今已遠，卽便中國人自己英譯，若不在參考書查閱，亦不易完全了解，何況僅通中國口頭話的外國人。賽珍珠在英譯導言中說有一位 M. H. Lung，是一位飽學宿儒，幫她解釋原著中的風俗習慣、兵器形狀性質等。這位中國人的「飽學」，我想大有可疑，不然英譯本不會犯那麼多專稱方面的錯誤。今試摘錄若干，並將戴晃倫先生的改譯同列於後：

原文

①宰相與參政	④小王都太尉
②殿前太尉	⑤這是齊雲社，名爲天下圓，但踢何傷？
③小蘇學士	

⑥老種經略相公　⑨朴刀

⑦既是宅內小官人　⑩一字巾

⑧白點鋼鎗

賽譯	戴譯
1. a certain minister and a lesser one	1. the Prime Minister and one of the councillors
2. Chief Master of Ceremonies	2. Commander of the Imperial Guards
3. Su the Learned	3. Su the Secretary
4. Wang the Little King	4. Little Wang, the Chief of the Guards
5. Here is a man whose name is Chi Yuin She. His nickname is the Prime Kicker. Now you kick the ball with him. It does not matter. (眞不知所云)	5. This is the recreation Center open to everybody. Never mind, you kick the ball.
6. the Old Prince who lives there to protect the border	6. the old Marshall Chung who lives there to protect the border
7. If he is your little son	7. If he is the young master of the family
8. a polished spear-bow	8. a polished steel spear

9. a knife

10. a wide gold cap

⑪高頭白馬

⑫三十兩蒜條金

⑬經略府

⑭檀越

⑮袈裟

11. a high-headed horse that rolled the whites of its eyes

12. thirty ounces of silver shaped like leek leaves

13. Chin Lo Fu

14. our disciple

15. square cloaks

16. near the provincial temple

17. the keeper of the flower gardens

18. the long journey

19. great blue letters

20. Liu the Magistrate

(錯的荒唐)

9. a long-handled sword

10. a broad cap

⑯嶽廟間隔

⑰化主

⑱萬里黃泉

⑲老大一搭青記

⑳留守司

11. a tall white horse

12. thirty ounces of gold in bars

13. the Garrison Headquarters on the border

14. our patron

15. robes of worship

16. next door to the Temple of the City God

17. the one in charge of matters concerning donation seeking

18. the long journey of Hades

19. a patch of blue birthmark

20. the Garrison Commander

㉑掛塔
㉒一盤糟薑
㉓一件是兩把雪花鑌鐵打成的戒刀
㉔秀才
㉕玄女之廟
㉖李鬼的老婆（老婆不一定老）
㉗渾鐵筆管槍
㉘敝寺新造水陸堂了。要來請賢妹隨喜。（造水陸堂及隨喜二詞皆錯）
㉙頭陀
㉚義弟

21. to hang his girdle in the temple	21. to stay in the temple
22. a plate of freshly dipped lees of rice wine （有糟無薑了）	22. a plate of ginger freshly dipped in the lees of rice wine
23. The other is a sword of fine steel and it is carven in a pattern of snowflakes	23. The other is a pair of dazzling swords of the finest steel usually used by priests
24. a scholar of highest degree	24. a scholar having passed the first or district examination
25. Temple of the Dark Goddess	25. Temple of the Goddess of War
26. Li Kui's old wife	26. Li Kui's wife
27. a weapon straight as the handle of a pen	27. an iron spear with an hollow handle like a pen
28. We have now built our Hall of Land and Water and I	28. Our temple is going to conduct a grand mass to

have long desired to come hither and invite you, my Good Sister, to go there and take your pleasure as you please.	appease the spirits of the dead both on land and in water, and I propose to invite you to come to participate in the ceremony.
29. a Taoist monk	29. a Buddhist priest with his hair unshaved
30. a younger brother of mine on my mother's side	30. a younger sworn brother
㉛弟子	㊲守陣
㉜火礮鐵礮	㊳手裏使一枝方天畫戟
㉝法師	㊴一身好花繡
㉞一副雁翎砌就圈金甲	㊵不可出去三瓦兩舍打鬨
㉟梅香	㊶千里龍駒
㊱陣圖	㊷圍魏救趙之計
31. younger brothers	31. disciple
32. fire bombs	32. rockets and field pieces
33. prophet	33. Taoist Adviser
34. a suit of armor made of the quills of eagle feathers bound about with metal	34. a suit of chain made of fine steel
35. Fragrance of peach blossom	35. Fragrance of plum blossom
36. magic	36. Tactical disposition of troops

37. to guard the lair	37. to guard the array of troops
38. in his hand he bore a square battle axe	38. in the hand he bore a halberd with a crescent shaped blade
39. his body so beautiful	39. his body so beautifully tattooed
40. Do not go forth and make quarrels over some small cause, small as three tiles or a single room.	40. Do not go forth to make quarrels in gambling dens and in tea shops.
41. It was such a horse as could go above three hundred miles a day, and its bones were like dragon's bones.	41. It was a good steed which could go about ten thousand miles a day.
42. the guile of besieging Wei and deceiving the army of Chao into coming to their aid.	42. The strategy of rescuing Chao by besieging Wei

(三)

前文說過，賽譯《水滸傳》中典章制度器物等名稱譯錯，雖屬情有可原，但終究仍是錯誤，但普通文字語言譯錯，則不可原諒。讀者自然要怪譯者賽珍珠，而賽珍珠自當歸咎於幫助她的那位龍先生了。現在將此等普通語意誤譯之處摘錄於後，但吾人絕無幸災樂禍之心，前車之覆轍，正是爲後車之殷鑑。如是而已。

原文

①如何與他爭得？

②如何敢小覷我？

③把棒往空地裏劈將下來

④要奈我何？

⑤足可安身立命

⑥不可小覷了他，那人端的了得

⑦閉了鳥嘴

⑧結識了十數個好漢

⑨大漢

⑩好急性的人

賽譯	戴譯
1. How can I bring him to reason?	1. How can I withstand him?
2. How dare you oppose yourself to me?	2. How dare you despise me?
3. Struck his staff to the earth.	3. Swept his staff downward.
4. He wants me to eat bitterness.	4. He wants to find fault with me.
5. I can find peace here.	5. I can settle in peace there and build my career.
6. You do not understand how fearful the person is and mighty his skill.	6. You should not make light of him; really his skill is marvellous.
7. Shut your beaks.	7. Shut up your dirty mouths.
8. have been recognized by many others	8. have made acquaintance with ten odd heroic per-

9. a tall man

10. Good, impetuous fellow!

⑪折殺俺也

⑫不忌葷酒

⑬休得要抵死醉了

⑭不想（官司逼得甚緊）

⑮小可久聞大名

⑯土炕上卻有兩個椰瓢，取一個下來，傾那甕中酒來，喫了一會，剩了一半。

11. You put me in the wrong and shame me.

12. You do not sacrifice cloudy wine.

13. Don't drink until you are dead or drunken.

14. he did not think....

15. This humble one asks again your honorable name.

16. On the brick bed were two cocoanut shells. He took one and dipped up the wine

sons

9. a tall and stout man

10. What an impetuous fellow!

⑰端的好兩口朴刀，神出鬼沒。

⑱（刀）只是個快

⑲阮小七便去船中取將一桶小魚，約有五七斤。

⑳前番那個東京林冲上山，嘔盡他的氣。

11. I do not deserve it.

12. You do not shun the eating of meat and drinking of wine.

13. Do not get dead drunk.

14. unexpectedly

15. This humble one has long heard your honorable name.

16. Opportunely there were two cocoanut shells on the brick bed. He took one

with it and drank half of it.	and dipped up the wine with it to drink. He drank for a while and finished half of the pot.
17. How good a pair of swords!	17. How marvelous is your skill in wielding the swords! Indeed, you have won the praise of gods and driven away all devils.
18. It is so swift.	18. It is so sharp.
19. Juan the Seventh then went to his boat and brought up a bucket of small fish and they were five to seven catties each in weight.	19. Juan the Seventh then went to his boat and brought up a bucket of small fish weighing five to seven catties.
20. Formerly, that Ling Chung from the Eastern Capital when he went there stirred up his anger.	20. When Lin Ch'ung from the Eastern Capital first-went there, he suffered very much through Wang Lun's hands.

㉑宋江見了公文，心內尋思道，晁蓋等眾人，不想做下這般大事。

㉒武松頗識幾字。

㉓我從來喫不得寡酒。

㉔小弟被他又痛打一頓。

㉕師父休要焦躁。

㉖嫂嫂不仁，與西門慶通姦。

㉗遠近強人怎敢犯青州攪得粉碎?

㉘今日且請寬心住一天。

㉙端的是個好粉頭。

㉚三停走了兩停

㉛若得一人到潁州取得小弟家眷上山，實拜成全之德。

21. Sung Chiang when he had seen the proclamation in his inner heart he thought, "Ch'ao Kai and all those with him did not think to bring about such a great matter as this.	21. Sung Chiang when. . . he thought, "It is unexpected that Ch'ao Kai and all. . . as this.
22. Wu Sung knew some few scattered letters.	22. Wu Sung knew letters fairly well.
23. I have never been able to drink wine alone.	23. I have never been able to drink wine without food or fruit.
24. I battled with him again.	24. I was again soundly beaten by him.
25. Master, do not make trouble here.	25. Sir Priest, don't be impatient.
26. My sister-in-law was not patient, she became intimate with Hsi Mench'ing.	26. My sister-in-law was not faithful and she became intimate with Hsi Mench'ing.
27. How would the robbers from	27. How would robbers from

far and near dare to divide up Ch'ing Chou as they have until it is dust ground between them?	far and near dare to disturb Ch'ing Chou to such a pass?
28. Pray enlarge your heart and stay with us this one day.	28. Pray rest your heart and stay with us this one day.
29. Truly she is a very fine painted female.	29. Truly she is a marvelous singsong girl.
30. When they were less than two miles away.	30. When they had traveled two thirds of this journey.
31. If there were those who go into the soldiers'camp to find my brother's household and bring them here, the whole city will know of it.	31. If some one is sent to Ying Chou and take my family members to the mountain I would be very very grateful.

四十一、賽譯《水滸傳》的風格

賽珍珠在英譯《水滸傳》的導言裏曾說:

> I have translated it as literally as possible, because to me the style in Chinese is perfectly suited to the material and my only effort has been to make the translation as much like the Chinese as I could because I should like readers who do not know that language to have at least the illusion that they are reading an original work. I say effort, for although I do not pretend to have succeeded, I have attempted to preserve the original meaning and style even to the point of leaving unenlivened those parts which are less interesting in the Chinese also.

賽珍珠既然要保持中文的風格，使英文本讀者彷彿讀中文，於是便儘量保持中文的表現方式。這樣的表現方式在英文讀者的感覺上，究竟是新奇可喜呢? 還是古怪可厭呢? 現在把這種直譯的詞語選擇若干個列後，並將英國人 Clement Egerton 的 *The Golden Lotus*（《金瓶梅》）同樣原文的譯文與之並列，藉供比較。

原　文

①叔叔萬福！

②折殺奴家

③叔叔青春多少?

④笑容可掬

⑤倘有些風吹草動

賽　譯

①Brother-in-law, a thousand fortunes!

②Do not bring me to an untimely end by courtesy of which I am not worthy.

③Brother-in-law, how many green spring times have you passed?

④The woman's smiles were thick enough to pluck off her face.

⑤If the wind begins to blow evil and the grass to stir,

金瓶梅譯文

①Made a reverence to her brother-in-law.

②Would embarrass her beyond measure.

③Inquired politely how old he was.

④Golden Lotus, all smiles,

⑤If I hear any whisper of your ever doing such a thing again-...

J. H. Jackson 譯文

①Ten thousand blessings, uncle.

②You lessen the prospects of life.

③How old are you?

④Ask with a smiling face.

⑤If your lustful words came to my ears...

由以上賽譯看來，她確是費了不少力氣保持《水滸傳》原文的表現法，如「笑容可掬」、「青春幾何」等，但是果眞有必要嗎？甚至於〈魯智深大鬧五台山〉那回中的「誠恐有些山高水低」也竟照字面譯成 it will be as dangerous as mountains too high and waters too deep. 因爲原文「山高水低」係暗示危險、亂子、麻煩等義。賽珍珠怕讀者不甚了解，隨後又補了一句 Then if trouble comes，足見用 it will be as dangerous as mountains too high and water too deep 在英文裏表達危險之不够自然了。這種膠柱鼓瑟，刻木求劍的死譯大可不必，倘若遇到中文的「倘若有個三長兩短兒」，難道也非翻不可嗎？

一般而論，似乎是，凡是對外國文造詣較差的譯者，往往翻譯時多拘泥於字面的含義，而忽略了那個詞語由習慣用法所表達的與原詞語表面已有若干距離的新含義。比如「磕頭」一詞，好多，甚至所有的洋人譯者都譯爲 knock one's head on the ground，因 knock 是「磕」的意思。但中國只有「磕響頭」才有 knock on the ground 的意思。能治「百病」，「百病」難道是「一百種病」嗎？但是洋人硬是照字面死譯。《老殘遊記》上第一章就有如此一句，而 Harold

Shadick 在 *The Travel of Lao Ts'an* 中果然譯成 could treat a hundred diseases (p. 4)，而楊憲益與其夫人 G. M. Tayler 所譯的《老殘遊記》(*Mr. Decadent*) 則譯爲 could cure all diseases. 又《老殘遊記》第六回有「飄飄欲仙」一句。原文爲:

「到了次日，老殘起來，見那天色陰得很重，西北風雖不甚大，覺得袍子在身上有飄飄欲仙之致。」

Harold Shadick 譯的是:

The next day when Lao Ts'an got up, the sky was heavily overcast. Although the northwest wind was not blowing very hard, his padded gown floated about him like the garments of an immortal. (p. 63)

而楊氏夫婦則譯爲:

The next day when Mr. Decadent got up, he saw the day was overcast, and although the north wind was not too strong, he felt his padded gown very light on his body. (p. 140)

再有對某人佩服得「五體投地」，言佩服之至，並非眞個匍匐在地也。然而洋人譯中文則易照字面死譯。《老殘遊記》第六回有:

「屢聞至論，本極佩服。今日之說，則更五體投地。」

洋人的譯文是:

I have often heard your wise words and have always admired you. What you have said today makes me want even more to prostrate myself before you. (p. 64)

而中國人則不如此拘泥中文字面，而譯爲:

I have always had great respect for your profound observations and today you make me bow down with even greater respect. (p. 138)

再有，譬如言心中已有計畫時，説「成竹在胸」，或「胸有成竹」。這種説法只有中國人知道，也只有宋及宋以後的人知道，因爲文與可畫竹才產生此一典故。外國人自然不知道，這句話儘可不譯。而 Harold Shadick 還是照字面譯了:

原文是: 「先生必有成竹在胸。」(《老殘遊記》第六回)

But perhaps you are like the painter of bamboo who had the complete bamboo in his mind. (p. 69)

而楊憲益的英譯則爲:

I suppose you are confident in your heart. (p. 150)

本文雖談賽珍珠的直譯（若説她硬譯或死譯未免有點挖苦她），實在有點兒走火入魔，費力不討好。殊不知凡對原文文字不够純熟的人都易犯此病。中國人英文修養不够的人，在由英譯漢時，也是容易受原文字面所左右，而不知或不能將原文適度漢化，結果使譯文十分生硬古怪。民國三十年代上海若干名作家之主張直譯者也多犯此種毛病。

四十二、憶良師李霽野先生

「七七事變」蘆溝橋的砲聲，驚醒了我投考北京大學國文系的美夢。因爲不肯讀敵僞「教育總署」主管的大學，我乃去投考一個與世俗紅塵關係疏遠的天主教高等學府——北平私立輔仁大學。那時正是新秋八月，平津的國立院校已全都南遷，國軍也已全部南撤，北平是眞正淪陷於東瀛三島的倭寇之手了，北平改稱「北京」，這個中國的文化城是眞正「蒙塵」了。

我本打算投考北大國文系，原是衝著北大沙灘文學院那座紅樓去的；是衝著蔡元培、蔣夢麟、胡適之，甚至嚴幾道、林琴南、「五馬」、「三沈」這些名儒的影子去的。結果，紅樓夢破，理想落空。既然被迫改變初衷，另行投考他校；既然投考有許多穿著黑袍白領的洋神父出出入入的輔仁大學，何不一洋到底，一不作，二不休，索性投考以英文爲主科的「西洋語言文學系」，有何不可？殊不知輔仁大學的歷史系、國文系的名儒碩彥也爲數不少；後來才知道只以前清的進士論國學資格，便有八人之多。但我既已考入「西語系」肄業，對國文系只能前去聽課或選讀；記得當時曾選了趙萬里(王國維的外甥)的元曲、孫人和先生的宋詞、高步瀛先生的昭明文選，至於沈兼士先生的文字學、余嘉錫先生的校勘學，這些硬性的國學，則望而生畏，敬而遠之了。

但在英文系四年，所遇見的名師亦不爲少，至少也算親炙於兩位名師之門：一爲安徽李霽野先生，一爲山東張穀若先生。

大學一年級的翻譯課爲李霽野先生所講授。記得第一次得見李先生，是北平特有的那種天空晶瑩碧藍的新秋下午。上課鐘響後，李先生走進了教室。因爲早震於他的翻譯之名，也讀過他在上海商務印書館出版的帝俄時代小說名著《白癡》、《復活》、《被汚辱與被損害者》，和英國布朗特（C. Bronte）女士的《簡愛》，總以爲他是一位過於嚴肅的學者，其實他卻是個淸癯瘦小平易近人的中年人。他雖是安徽人，但說的一口官話，聽來毫無困難。他頭髮已然斑白，臉上略有皺紋，恐怕正是中年。面容淸秀，時帶笑容，中下身材，體重恐怕不超過一百二十磅。對新文學注意的同學有些知道他是三十年代的作家，屬於「語絲」派的。

李先生對翻譯的理論多少也講了一些。他覺得嚴幾道在《天演論》前面「例言」所標舉信達雅三個字中，只有一個信字是必要的，如果背信而求達求雅，信必遭受破壞。我想至少這是他自己奉爲圭臬的。

他給班上第一次的翻譯習作，是一短篇描寫豐熟的秋天的英文散文，要同學譯成中文。那時我已經看過不少商務印書館的林譯小說，與上海鴛鴦蝴蝶派的言情小說，如徐枕亞的〈玉梨魂〉以及〈雪鴻淚史〉等，所以我就不知不覺中譯出了一篇文言文。在發回練習講評時，他告誡我最好不要用文言文作翻譯，因爲譯者吃力，讀者也吃力。我接受了他的指教，這是我受教於他的第一次。他吩咐我勿用文言翻譯時，班上同學多轉過頭來看我，因爲那時學生寫文言文者已然很少，我當時頗有幾分難爲情，但同學因此也知道我是班上讀英國文學而寫文言文的了。不久，學校註册組出了通知，凡是入學考試國文成績在九十分以上的學生，大一國文免修，每學期考試時只要去作文一篇卽可；我徼倖得名列其中。

第二次我受教於李先生，是在課餘請他指定一本英文小說，供我做英文漢譯之用。他告訴我最好找一本西方非英語國家的作品而已譯成英文的，我再由此英譯作品譯成中文，因爲這種英文比純由英美作家直接寫出的英文容易些；至於譯什麼書，容他想想看。下次上翻譯課之後，我又向他請教。我與他一面閑談，一面由校大門向外走，走出了像天主教修道院式的輔仁正方校園的大門，順著定阜大街東行，穿過羊角燈胡同，到了什刹海，再往前，進入了白米斜街。他就住在白米斜街東口路北一所大宅子裏，門口有大門洞，兩扇大紅門，已然暗舊，門上的對聯是「守獨悟同別微見顯，辭高居下置易就難。」門上的橫楣上有一個小木名牌，是「李繼業」三個小字。我想那一定是他的眞名字，而「霽野」大概正是他的筆名了。

到了客廳，他繼續和我談翻譯與寫作上的問題。他說我國的新文學創作數量與品質上都比不上西洋文學，急起直追的辦法便是加緊大量自外文漢譯，但漢譯文字的求其精練，就不是容易做到的，因爲翻譯畢竟不是機器工業，中文外文都好的太不易得了。談了好久之後，他終於決定讓我試譯托爾斯泰的從軍小說 *The Cossacks*，中譯爲《哥薩克人》，英譯者是 Maude。這本英譯托爾斯泰的中篇小說我向輔仁圖書館借到了。托爾斯泰以俄國貴族之身，飽饜莫斯科燈紅酒綠的生活之後，乃遠至塞外去度野蠻粗鄙的生活，他以貴族見習軍官的身分體味異地幾乎原始的生活，內容有愛情，有戰爭，有異地風光。我在寒假裏積雪映窗牖，爐火煮茶香的北平四合院住房中，開始了這本小說的漢譯。英文上的困難並不大，但仍有些須要向李師請教商酌之處。全書譯成中文之後，大約爲二十萬字。全書譯畢後，自己從頭閱讀一遍。雖然翻譯時在遣辭造句上注意到簡潔洗練與句子的自然節奏，但等若干段一口氣讀出時，仍然發現有不够妥帖的毛病，尤其是

「的」、「了」、「嗎」、「呢」等虛字用得不够節省。乃再事刪削，直到自己聽來稱心愜意而後止。事後，我將下的這一步工夫告知李師，他極歡喜，十分嘉許。他說：不論翻譯與創作，要自己肯再三修改自己的文字才成。所謂 Art is to conceal art，正是此意。大約讀者發現作者文字不够洗練時，便是作者或譯者不肯多下工夫琢磨之處。反之，凡洗練通順的文字，必是作者或譯者煞費苦心推敲斟酌才得到的。其間匠心的運用，內行人都能體會出來。

我讀大二大三時，聽說李師正在翻譯托爾斯泰的《戰爭與和平》。大概在大四時（民國三十年），在輔仁《文苑》上看見發表了他漢譯《戰爭與和平》書前那篇長長的「導言」，知道他確是動手翻譯那本世界名著了。他告訴我說，那本帝俄時代的世界名著，本該由精通俄文的人由俄文直接漢譯，但是等了多年，仍然不見由俄文直接漢譯本出現，只好先由英文轉譯了。他的此一譯本後來是否出版，因正值抗戰緊張時期，人慌馬亂，已然記不清楚。輔仁《文苑》是在抗戰期間北平輔仁大學出版的一本頗有水準的文學刊物，由公孫嬿（查顯琳）、張秀亞、李景慈、白峯雲幾位長於文藝寫作的同學主編。

李師的個人生活似乎跟他的散文一樣，十分單純，除在家翻譯治學之外，他經常到北海公園漪瀾堂，或對岸五龍亭的茶座去喝茶，大概每個週末與假期，則每日下午必去。所以我常常一直到北海去找他。我在時，他無所不談；他個人獨自品茗時，則一卷在手，靜心閱讀，幾個鐘頭很容易消磨過去。人難免都有些古怪的毛病，他在北海茶座喝茶，永遠不給小帳；他說給小帳是對茶房的汚辱，是資本主義社會的惡習。因爲人人平等，茶房已掙有薪金，你沒有「賞」他的身分，他也有不接受「賞金」的尊嚴；好在北平文化古都的茶房不計較小帳，給與不給都從不失禮，這是他的見解。記得那時他在輔仁除去一直教翻譯之外，他還教英國文學史，但是我只修過他的翻譯課。在輔仁當時頗有文才的幾個同學之中，他特別賞識公孫嬿和張秀亞，後來這兩位同學果然在寫作上都寫了不少水準以上的作品。張秀亞以細膩的散文著稱，公孫嬿以情節詭奇文字清新的多部長篇小說知名於時，每讀他的小說便自然而然聯想起徐訏的《風蕭蕭》與《鬼戀》。

我畢業的那年是民國三十年，在那暫時染上日本文化氣氛的北平，埋頭讀書一年之後，民國三十二年初，自北平搭平漢鐵路南下，到河南轉道清路，在趙溝渡黃河，經偃師至洛陽，再西行，入潼關，抵西安，再於三十二年冬，由川陝公路越秦嶺至重慶，已是三十三年初春。在重慶流浪之際，聞同學稱李霽野師前數日曾在重慶，已返回江津縣白沙鎮的國立女子師範學院，因爲那時李師正在該校英文系教書。三月初，我到江津縣城的國立體育師範專科學校去教書；在假日之暇，我乘民生公司的江輪溯長江而上，到白沙鎮去拜見霽野師。自鎮上向郊外走，一路打聽，爬過了一座山後，總算找到了女師學院。我打聽李師的住所，經人指引，總算找到了他的宿舍。他聽到外面說話的聲音，已從屋裏走了出來。北平一別之後，我以「李門立雪」的關係，而今關山萬里外，巴蜀亂山中，異地重逢，格外親熱。李師清癯依然，但無老態。在附近一家鄉下小館子裏，他請我吃了一頓晚飯，飯後一同回他宿舍；在竹屋木窗內書桌旁，燭影搖紅中，沏沱茶而暢談，共同追憶燕都舊事，恍如夢寐。有時沉默霎時，但見窗外螢火明滅，牆角蛩螿亂啼。第二天早晨向他告別時，約作後會，離情依依。殊不知此後竟人事草草，世事茫茫，未得再見。

抗戰勝利後，在中國人全抱有無限希望之時，而國家遭空前慘變。我回北平後，因與李師已失去聯絡，曾試往當年已經走熟了的他那北平故居所在地白米斜街，想打聽一下他的下落，竟無從得到消息。中國文化古城又經刼難之後，在以前他故居的大門上，仍然是以前那副老對聯：

「守獨悟同別微見顯，

辭高居下置易就難。」

只是比以前更顯得老舊，而且有的地方已開始剝落了。據說清末張之洞曾在此住過，馮友蘭也住過；這副對聯不知是出於何人之手。

李霽野先生的著作都在商務印書館出版，約有十餘種。今日在臺灣流行者只有《簡愛》一書，他的散文有《給少男少女》，與朱光潛的《給青年的十二封信》性質相似。

四十三、張穀若先生

輔仁西語系的翻譯課共有兩年，第一年的翻譯是由李霽野先生講授；第二年是由張穀若先生講授。張先生原籍山東，北平落戶，北京大學畢業。體型是典型山東人的魁梧身材，不胖不瘦，臉型圓而微長，見肉不見骨。我入學時他正值中年，頭髮尚未斑白，體重大約在一百七十磅。說話時山東口音並不重，沒有北平所謂「京油子」那種伶俐口齒與滿臉靈活的表情。穿著並不講究，只是一件藍布長衫，白千層底黑禮服呢鞋，後跟的左右側似乎都磨偏了，並未見他去修理或打後掌。他有幾次在輔仁大學大門口步行時，我淸淸楚楚，把他的背影看在眼裏。我爲什麼這樣注意看他？只是仰慕他翻譯哈代小說的大名而已。這是在他講授我班二年翻譯之前的事。

等到上他課時，才發現他果然飽學，但是並不怎麼長於口才。下課後，我去向他請教，說讀過他所譯的哈代《還鄉》，表示仰慕之忱。他謙謝道：「費力不討好。」有一天課後，在輔仁大門口的人行道上和張師邊走邊談，很快便走到他的住所。是哪條胡同呢？已經記不清楚，似乎是離護國寺很近。我想他住的一定是自己的房子，因爲他那書房裏的書架子是特別設計的。三面牆由下到上都完全是書，已經看不見一片牆壁。書架上的書是一套套英美的文學叢書。有英國牛津大學出版部的《世界文學名著叢書》全集，美國的《現代圖書館文學全集》。因爲是成套叢書，故爾看來大小整齊劃一，書皮顏色諧調，而且保持得一塵不染。由此可見他是讀書的人，也是愛書的人。那幾套直接由英美訂購的叢書價錢當然不小。若不是因爲他家道殷實有錢購買，便是把在學校教書的薪水都花在書上了。

關於穀若師漢譯托瑪斯・哈代的小說一事，雖然他自己謙稱是「費力不討好」，其實他已爲中國翻譯文學樹立了典範，也給中國翻譯文學書庫充實了內容。關於他之漢譯哈代作品可得而言者，略分數項如下:

㈠**哈代作品之難譯**——哈代作品在英國文學中，自然比狄根斯、史蒂芬生、賽克瑞等人的作品難懂，也難翻譯。在英國文學中縱然不算第一等難懂難譯的，至少也算第二等。記得張師曾說當時三十年代作家蕭乾（好像是《大公報》的記者），曾經說哈代作品是難譯的，他與張師似乎曾經有點兒過節，故作此評論。張師對此事的反應只有輕描淡寫的一句話：「那看誰譯。」這句話裏也有穀若師的自負，這是不難體會的。

㈡**譯書的考證功夫**——普通譯書只見譯文。譯書而見考證功力者，僅見於百年前英人理雅格(James Legge 氏之《中國經典》(*The Chinese Classics*))如孟子英譯中卽引有列子〈揚朱〉篇，墨子〈兼愛〉篇，荀子〈性惡〉篇，韓愈〈原性〉等文字的英譯，其他注解之詳，更不待言。中國近七十年來譯書之足以成爲學術性之著作者，除張穀若先生外，令人不再做第二人想。卽以《還鄉》(*The Return of the Native*) 一本小說而言，全書中文譯文長五百六十頁，爲老五號字，注釋爲六號字，竟排有一百一十四頁。考證之精，注釋之細，不但令人嘆爲觀止，且令人望而卻步，學養不深，功力不強，耐性不足，曷克臻此。

大概民國二十年稍後，英國詩人似乎是艾克頓來遊中國，抵北平；

北平之治英國文學者設宴歡迎，胡適、徐志摩、梁實秋、張師穀若都在座。席間提出哈代作品之漢譯。艾克頓稱如有問題可提出討論。殊不知張先生已經將哈代作品之諸疑難遍查羣書，其不得解決者都是十二分生僻或根本不見經傳者。結果張師所提出約三十個難題，此一英國學人只能解答其中之二、三。今張譯《還鄉》書末之〈附錄二〉，即注釋疑問或待考之處，其中尚有十一個疑難之點。由此可見他譯書時態度之嚴肅。

㈢**才華的表現**——只有考證功夫，縱然十分到家，也只是科學工作；譯文學作品欲求其藝術性之高而獲得創作之價值，尚須有賴於譯者之文才。而張師之文才正復超越儕輩，獨具匠心，民國七十年來，只有翻譯莎士比亞之朱生豪差與比肩。

試舉二例於後，一爲詩，一爲散文。

甲：詩——

原文：

"To sorrow
I bade good morrow,
And thought to leave her far away behind;
But cheerly, cheerly,
She loves me dearly;
She is so constant to me, and so kind.
I would deceive her,
And so leave her,
But ah! She is so constant and so kind".

（見 Hardy 之 *The Return of the Native* 卷首）

譯文甲（見前上海中華書局呂天石之《歸來》）：

「我向悲痛告別了，
我要把她拋在遠遠的後面；
但她卻歡欣地，歡欣地，
親蜜地戀著我；
她對我是這樣的忠實，這樣親切呀。
我要欺瞞了她，
從此拋開了她，
但是，啊！她對我是這樣的忠實，
這樣的親切呀。」

譯文乙（張穀若師譯）：

「我向愁煩，
說了聲再見，
本打算，和她一別天樣遠；
誰知她，戀戀，
愛我似心肝；
意惹不自持，情牽割難斷。
我想弄機關，
把她巧欺騙，
卻又轉念，她對我，情不斷。」

石譯與原文相比，並無重大錯誤，只是沒有詩歌之美，張譯便大為不同。一般讀者都能辨其優劣，自然無須贅述了。

乙：散文——在哈代《還鄉》一書中，第一章〈大荒原〉的描寫，描寫出來那麼莊嚴偉大的氣派，在描寫自然上，是任何其他書裏所難見到的。我想作者是用盡力氣寫出來的，而譯者也是傾全力譯出的。

爲節省篇幅，英文原文只好從略，今將張師漢譯擇要抄錄數段於後：

十一月裏一個星期六的後半天，正在暮色將近昏黃的時候；那一大片沒有籬垣遮斷的叢灌榛莽，提起來都管牠叫愛敦荒原的，也一刻比一刻淒迷蒼茫。擡頭看來，只見瀰漫穹窿的灰雲，遮斷了蔚藍，好像一座帳棚，把整個荒原，當做了地席。

天上懸的旣是這樣灰白漫漫的帳幕，地上鋪的又是那種黑色最深的灌莽，所以天邊遠處，牠們兩相交接的地方，界線分明，在這種相對的襯托之下，那片荒原的模樣，就顯得好像晝夜交替的正式時光還沒到來，荒原就搶先朦朧入睡了；因爲暮色已經差不多瀰漫大地了，白晝卻分明還在天空。一個斫長青棘的樵夫，如果往天上看去，他就要還想繼續工作，如果往地下看來，他卻就要決定捆好荆棘，轉回家去了。那時候，只見天邊遠處，方輿昏沉，長空灰白，再個輪廓，一覆一載，不但物體不同，並且時間各異。那片荒原的表面，僅僅因爲景色鬱蒼，這一端，就把天色弄得早黑了半點鐘：因爲同樣的情形，荒原上的曙色，也遲遲難來；荒原上的午日，也嚴光淒冷；狂風暴雨，幾乎還沒有蹤影，荒原就沉沉欲暝，先作表示；更深夜靜，不見明月，荒原更晦冥陰森，叫人顫慄恐懼。

原來牠這種地方，叫愛牠的人回憶起來，覺得牠的面目，有一種特別與人無忤的溫藹態度，花果繁榮的明媚原野很難作到這種情形；因爲那種原野，只有遇到一種人生，種種情形，比現在這種人生，都聲譽較好，才能永遠互相調協。蒼蒼的暮色，和愛敦的景物，共同聯合起來，造出一種風光，堂皇而不嚴峻，感人而無粉飾，警惕深遠，渾然樸質。我們都知道，牢獄的壁壘上面，往往有一種氣概，能叫牠比大於自己兩倍的宮殿，都顯得威嚴的多，現在荒原上，就因為有這種氣概，所以牠才有一種世俗稱爲美麗的地點上所絕無的高超卓越。妍美的景物和明媚的時光，自然能夠圓滿配合；但是，唉！倘若時光並不明媚，怎麼辦呢？我們所以爲苦的，多半是太明媚的景物把理性嘲弄，少數是過蕭瑟的環境使情緒抑鬱。莽蕩荒蕪的愛敦所感動的，本是那比較細膩和比較稀有的本能，本是那比較晚近才得來的情緒，不是那只認柔媚艷麗爲美的性情。

當著下午到黑夜之間，就像現在說的這種時光，跑到愛敦荒原的中心山谷，靠在一棵棘樹的殘株上面，舉目看來，外面的景物，一樣也看不見，只有荒丘蕪阜，四面環列，同時知道，地上地下，周圍一切，都像天上的星辰一樣，從鴻濛開闢以來，就絲毫沒生變化。那時候，我們這種紛擾於新異的心思，浮沉於無常的情緒，就覺得安定沉穩，有所寄託。這一大片沒人騷擾的地方，有一種古遠長久的「常住」，就是煙波浩渺的大海，也不能和爭勝鬪強。誰能指出一片海洋，說牠古遠長久？日光把牠蒸騰，月華把牠蕩漾，牠的情形，一年一樣，一天一樣，一時一刻一樣，滄海改易，桑田變遷，江河湖澤，村落人物，全有消長，但是愛敦荒原，卻萬古如斯。

上面所錄詩文，自然當列入翻譯文學的上選。張師的譯品，在信雅達上當屬上乘，當時已受內行的推崇。無怪乎所有他的哈代譯品完全是由「中英庚款委員會」買稿，交由商務印書館出版的。可惜今日在臺灣只能見到他的《還鄉》，其他絕不可見，徒令人夢寐追思了。

以上略爲追述當年受教於李霽野及張穀若二師情形。若論二人文字之風格，則李師文字一清如水，純屬白描，與李素女士譯的《傲慢與偏見》相似，可稱翻譯文學中之自然主義派。張師之練詞極精，造句極富有中文駢散之節奏，可稱爲翻譯文學中之唯美主義派。就個人之口味癖好言之，對李師之風格具有極高之敬意，對張師之風格則有無限之迷戀。如果說他二人中對我影響較大的是張師穀若，我欣然首肯。李師的譯文風格如蒸餾水之清澈透明，張師的譯文風格，則猶如山泉芳烈甘醇。這兩者我雖愧不能至，對後者則尤爲心嚮往之。

滄海叢刊書目（一）

國學類

中國學術思想史論叢㈠～㈧　錢　穆　著
現代中國學術論衡　錢　穆　著
兩漢經學今古文平議　錢　穆　著
宋代理學三書隨劄　錢　穆　著

哲學類

國父道德言論類輯　陳立夫　著
文化哲學講錄㈠～㈤　鄔昆如　著
哲學與思想　王曉波　著
內心悅樂之源泉　吳經熊　著
知識、理性與生命　孫寶琛　著
語言哲學　劉福增　著
哲學演講錄　吳　怡　著
後設倫理學之基本問題　黃慧英　著
日本近代哲學思想史　江日新　譯
比較哲學與文化㈠㈡　吳　森　著
從西方哲學到禪佛教——哲學與宗教一集　傅偉勳　著
批判的繼承與創造的發展——哲學與宗教二集　傅偉勳　著
「文化中國」與中國文化——哲學與宗教三集　傅偉勳　著
從創造的詮釋學到大乘佛學——哲學與宗教四集　傅偉勳　著
中國哲學與懷德海　東海大學哲學研究所主編
人生十論　錢　穆　著
湖上閒思錄　錢　穆　著
晚學盲言(上)(下)　錢　穆　著
愛的哲學　蘇昌美　著
是與非　張身華　譯
邁向未來的哲學思考　項退結　著
逍遙的莊子　吳　怡　著
莊子新注（內篇）　陳冠學　著
莊子的生命哲學　葉海煙　著

墨子的哲學方法　鐘友聯　著
韓非子析論　謝雲飛　著
韓非子的哲學　王邦雄　著
法家哲學　姚蒸民　著
中國法家哲學　王讚源　著
二程學管見　張永儁　著
王陽明——中國十六世紀的唯心主義哲學家　張君勱原著、江日新中譯
王船山人性史哲學之研究　林安梧　著
西洋百位哲學家　鄔昆如　著
西洋哲學十二講　鄔昆如　著
希臘哲學趣談　鄔昆如　著
近代哲學趣談　鄔昆如　著
現代哲學述評㈠　傅佩榮編譯
中國十九世紀思想史(上)(下)　韋政通　著
存有・意識與實踐——熊十力《新唯識論》之詮釋與重建　林安梧　著
先秦諸子論叢　康端正　著
先秦諸子論叢（續編）　康端正　著
周易與儒道墨　張立文　著
孔學漫談　余家菊　著
中國近代哲學思想的展開　張立文　著
近代哲學趣談　鄔昆如　著
現代哲學趣談　鄔昆如　著

宗教類

天人之際　李杏邨　著
佛學研究　周中一　著
佛學思想新論　楊惠南　著
現代佛學原理　鄭金德　著
絕對與圓融——佛教思想論集　霍韜晦　著
佛學研究指南　關世謙　譯
當代學人談佛教　楊惠南編著
從傳統到現代——佛教倫理與現代社會　傅偉勳主編
簡明佛學概論　于凌波　著
修多羅頌歌　陳慧劍　著

禪話	周中一 著

自然科學類

異時空裡的知識追求 ——科學史與科學哲學論文集	傅大爲 著

社會科學類

中國古代游藝史 ——樂舞百戲與社會生活之研究	李建民 著
憲法論叢	鄭彥棻 著
憲法論衡	荊知仁 著
國家論	薩孟武 譯
中國歷代政治得失	錢　穆 著
先秦政治思想史	梁啟超原著、賈馥茗標點
當代中國與民主	周陽山 著
釣魚政治學	鄭赤琰 著
政治與文化	吳俊才 著
中國現代軍事史	劉　馥著、梅寅生 譯
世界局勢與中國文化	錢　穆 著
海峽兩岸社會之比較	蔡文輝 著
印度文化十八篇	糜文開 著
美國的公民教育	陳光輝 譯
美國社會與美國華僑	蔡文輝 著
文化與教育	錢　穆 著
開放社會的教育	葉學志 著
經營力的時代	青野豐作著、白龍芽 譯
大眾傳播的挑戰	石永貴 著
傳播研究補白	彭家發 著
「時代」的經驗	汪　琪、彭家發 著
書法心理學	高尚仁 著
清代科舉	劉兆璸 著
排外與中國政治	廖光生 著
中國文化路向問題的新檢討	勞思光 著
立足臺灣，關懷大陸	韋政通 著
開放的多元化社會	楊國樞 著
臺灣人口與社會發展	李文朗 著

日本社會的結構　福武直原著、王世雄 譯
財經文存　王作榮 著
財經時論　楊道淮 著

史地類

古史地理論叢　錢穆 著
歷史與文化論叢　錢穆 著
中國史學發微　錢穆 著
中國歷史研究法　錢穆 著
中國歷史精神　錢穆 著
憂患與史學　杜維運 著
與西方史家論中國史學　杜維運 著
清代史學與史家　杜維運 著
中西古代史學比較　杜維運 著
歷史與人物　吳相湘 著
共產國際與中國革命　郭恒鈺 著
抗日戰史論集　劉鳳翰 著
盧溝橋事變　李雲漢 著
歷史講演集　張玉法 著
老臺灣　陳冠學 著
臺灣史與臺灣人　王曉波 著
變調的馬賽曲　蔡百銓 譯
黃　帝　錢穆 著
孔子傳　錢穆 著
宋儒風範　董金裕 著
弘一大師新譜　林子青 著
精忠岳飛傳　李安 著
唐玄奘三藏傳史彙編　釋光中 編
一顆永不殞落的巨星　釋光中 著
新亞遺鐸　錢穆 著
困勉強狷八十年　陶百川 著
我的創造・倡建與服務　陳立夫 著
我生之旅　方治 著

語文類

文學與音律　謝雲飛 著

中國文字學　潘重規 著
中國聲韻學　潘重規、陳紹棠 著
詩經研讀指導　裴普賢 著
莊子及其文學　黃錦鋐 著
離騷九歌九章淺釋　繆天華 著
陶淵明評論　李辰冬 著
鍾嶸詩歌美學　羅立乾 著
杜甫作品繫年　李辰冬 著
唐宋詩詞選——詩選之部　巴壺天 編
唐宋詩詞選——詞選之部　巴壺天 編
清眞詞研究　王支洪 著
苕華詞與人間詞話述評　王宗樂 著
元曲六大家　應裕康、王忠林 著
四說論叢　羅盤 著
漢賦史論　簡宗梧 著
紅樓夢的文學價值　羅德湛 著
紅樓夢與中華文化　周汝昌 著
紅樓夢研究　王關仕 著
中國文學論叢　錢穆 著
牛李黨爭與唐代文學　傅錫壬 著
迦陵談詩二集　葉嘉瑩 著
翻譯散論　張振玉 著
西洋兒童文學史　葉詠琍 著
一九八四　George Orwell 原著　劉紹銘 譯
文學原理　趙滋蕃 著
文學新論　李辰冬 著
分析文學　陳啟佑 著
解讀現代、後現代
——文化空間與生活空間的思索　葉維廉 著
中西文學關係研究　王潤華 著
魯迅小說新論　王潤華 著
比較文學的墾拓在臺灣　古添洪、陳慧樺 主編
從比較神話到文學　古添洪、陳慧樺 主編
神話即文學　陳炳良等 譯
現代文學評論　亞菁 著
現代散文新風貌　楊昌年 著

現代散文欣賞	鄭明娳 著
實用文纂	姜超嶽 著
增訂江皋集	吳俊升 著
孟武自選文集	薩孟武 著
藍天白雲集	梁容若 著
野草詞	韋瀚章 著
野草詞總集	韋瀚章 著
李韶歌詞集	李韶 著
石頭的研究	戴天 著
留不住的航渡	葉維廉 著
三十年詩	葉維廉 著
寫作是藝術	張秀亞 著
讀書與生活	琦君 著
文開隨筆	糜文開 著
印度文學歷代名著選(上)(下)	糜文開 編著
城市筆記	也斯 著
歐羅巴的蘆笛	葉維廉 著
移向成熟的年齡1987～1992詩	葉維廉 著
一個中國的海	葉維廉 著
尋索：藝術與人生	葉維廉 著
山外有山	李英豪 著
知識之劍	陳鼎環 著
還鄉夢的幻滅	賴景瑚 著
葫蘆・再見	鄭明娳 著
大地之歌	大地詩社 編
往日旋律	幼柏 著
鼓瑟集	幼柏 著
耕心散文集	耕心 著
女兵自傳	謝冰瑩 著
抗戰日記	謝冰瑩 著
給青年朋友的信(上)(下)	謝冰瑩 著
冰瑩書柬	謝冰瑩 著
我在日本	謝冰瑩 著
大漢心聲	張起鈞 著
人生小語(一)～(四)	何秀煌 著
記憶裏有一個小窗	何秀煌 著

回首叫雲飛起	羊令野 著
康莊有待	向陽 著
湍流偶拾	繆天華 著
文學之旅	蕭傳文 著
文學邊緣	周玉山 著
文學徘徊	周玉山 著
種子落地	葉海煙 著
向未來交卷	葉海煙 著
不拿耳朵當眼睛	王讚源 著
古厝懷思	張文貫 著
材與不材之間	王邦雄 著
忘機隨筆	王覺源 著

美術類

音樂人生	黃友棣 著
樂圃長春	黃友棣 著
樂苑春回	黃友棣 著
樂風泱泱	黃友棣 著
樂境花開	黃友棣 著
音樂伴我遊	趙琴 著
談音論樂	林聲翕 著
戲劇編寫法	方寸 著
戲劇藝術之發展及其原理	趙如琳譯著
與當代藝術家的對話	葉維廉 著
藝術的興味	吳道文 著
根源之美	莊申 著
扇子與中國文化	莊申 著
水彩技巧與創作	劉其偉 著
繪畫隨筆	陳景容 著
素描的技法	陳景容 著
建築鋼屋架結構設計	王萬雄 著
建築基本畫	陳榮美、楊麗黛 著
中國的建築藝術	張紹載 著
室內環境設計	李琬琬 著
雕塑技法	何恆雄 著
生命的倒影	侯淑姿 著
文物之美——與專業攝影技術	林傑人 著